Rymmia MERTON

INDÉFECTIBLES
GARDIENS

- 3 récits fantastorrifiques -

© 2020 Merton, Rymmia
Édition : BoD - Books on Demand,
12/14 rond-point des Champs-Élysées, 75008 Paris
Impression : BoD - Books on Demand, Norderstedt, Allemagne

ISBN : 978-2-3222-0696-4

Dépôt légal : mars 2020

L'aveugle garde le regard comme le muet la parole – l'un et l'autre dépositaires de l'invisible, de l'indicible… gardiens infirmes du rien.
Edmond Jabès
Le petit livre de la subversion hors de soupçon

Il y a au coeur de ce lieu une lumière sourde qui vibre intensément, attendant son heure, comme un refus de l'inacceptable obscurité du phare.
Louis Cozan
Un feu sur la mer : Mémoires d'un gardien de phare

Elle pensa : Tout est une question de perspective et tout dépend des voix qui te décrivent le monde, j'imagine. Elles, elles ont de l'importance, les voix intérieures.
Stephen King
Jessie (Gerald's game)

À mes gardiennes de l'Autre Monde :
Que vos esprits soient apaisés et vos lumières bienveillantes.
Mes mots vous sont dédiés.

À mes gardiens d'ici-bas :
La lumière de votre phare guide mon chemin et réchauffe mon âme. De mon radeau, je vous contemple. Votre halo est mon espoir, mon étoile polaire. Contre vents et marées, je continue de naviguer vers vous avec patience et courage.

Indéfectiblement vôtre.

LES OFFRANDES DE LA MÉSANGE NOIRE

— *Les offrandes de la mésange noire* —

**

Le trajet avait été à la fois long et pénible… Sa gueule de bois n'avait pas arrangé les choses.

Yoann avait pris le volant tôt le matin, après avoir passé la nuit chez son pote Stan. Ils s'étaient tous deux offerts une cuite légendaire la veille. Pas la cuite festive, malheureusement… Pas celle qu'on prend pour fêter un heureux événement. Là, c'était plutôt la cuite de la *foutue vie de merde*, celle qu'on se tape pour oublier les mauvaises passes ou les sales nouvelles, histoire de fuir quelques instants l'inévitable remise en question. La cuite d'un père désormais célibataire en l'occurrence.

L'alcool avait parfaitement joué son rôle d'anesthésique, et la terrible migraine qui l'assaillait désormais l'avait tenu jusque-là éloigné du traditionnel bilan de situation – celui que le cerveau entreprend quand il se retrouve au chômage technique, sans les stimuli salvateurs d'un quotidien rempli de préoccupations futiles mais nécessaires. Hélas pour Yoann, dès qu'il se retrouva sur les départementales désertes de la campagne proche de son lieu de villégiature, le Mister « *Pourquoi moi ?* » qui logeait dans son crâne ouvrit les hostilités en débriefant point par point les derniers mois de sa situation familiale.

Comment en étaient-ils arrivés là ?
Naëlle ne l'avait pas trompé – et réciproquement. Leur petite Maelys était sage et ils étaient plutôt sur la même longueur d'onde en matière d'éducation parentale… Pas de soucis financiers non plus, et, en prime, ils ne se disputaient jamais. Quand auraient-ils pu s'engueuler de toute façon ? Ils ne faisaient que se croiser… C'était bien là le cœur du problème. Ils ne se voyaient quasiment jamais, s'évertuant avant tout à concilier leurs carrières professionnelles chronophages avec l'éducation de la petite. Leur vie de couple avait progressivement pris la forme d'une colocation amicale.

Mais tout cela s'apprêtait à changer : ils avaient pris conscience de la situation l'hiver dernier et en avaient longuement parlé. Le couple avait alors décidé de modifier radicalement son mode de vie. Dans un premier temps, ils évoquèrent différentes possibilités de réaménagements professionnels plus ou moins convaincantes. Ce fut finalement l'annonce locative d'une jolie demeure atypique au cœur de la campagne qui leur offrit l'opportunité d'opérer le changement radical qu'ils espéraient alors pour leur petit cocon familial.

Le coup de cœur fut mutuel et immédiat. La propriété était spacieuse et sa charpente en pierre de Volvic lui conférait un charme tout autant bucolique que pittoresque. Mais ce qui la rendait par-dessus tout si particulière, c'était cette multitude de sculptures d'oiseaux qui galbait la façade de la vieille bâtisse. Elles procuraient un soutien peu commun à l'architecture gothique de la corniche qui ajourait le toit. La demeure prenait alors l'allure d'une chapelle dont les gargouilles auraient été transformées en frêles créatures enchantées. L'annonce précisait que la bâtisse médiévale était classée monument historique au patrimoine local. La petite commune dont elle dépendait avait scrupuleusement veillé à l'entretien régulier des façades et elle avait récemment financé l'aménagement de l'intérieur afin de la rendre habitable. La location était exclusivement proposée à l'année, car la municipalité cherchait à exploiter le Domaine à des fins touristiques en vue d'améliorer l'activité commerciale du village. L'idée d'en faire une maison d'hôtes leur vint spontanément. Le projet était un peu fou, et en apparence pas très lucratif, mais le couple, doté d'une bonne épargne, espérait s'y octroyer une qualité de vie plus saine et équilibrée pendant quelques années.

Yoann fut très rapidement obnubilé par cette nouvelle perspective. Dès que la pitchoune était née, il avait perdu toute passion pour son métier de commercial itinérant. À chacun de ses déplacements, le manque de sa fille devenait de plus en plus difficile. Il se sentait prêt à tout quitter sans réfléchir pour enfin passer plus de temps auprès de celles qu'il aimait.

Naëlle avait temporisé un peu son entrain. Passionnée depuis son plus jeune âge par la mécanique, elle dirigeait enfin son propre garage depuis bientôt deux ans, et cela n'avait pas été une mince affaire pour elle. Victime de sexisme dans ses débuts, elle avait dû redoubler d'efforts pour faire ses preuves et convaincre de sa crédibilité. Renoncer si tôt à son fier trophée pour un projet totalement incertain l'inquiétait quelque peu. Ils négocièrent finalement avec l'agence en début d'année afin de louer les lieux une petite quinzaine de jours pour leurs vacances de juin, en guise de test. Ils prendraient ensuite leur décision définitive.

Et voilà que Yoann se rendait désormais seul en direction de ce qui aurait dû être leur nouveau petit paradis familial.

**

Il n'avait rien vu venir.
Trois mois auparavant, alors que Maelys était chez ses grands-parents et que le couple profitait d'un rare moment d'intimité à deux, Naëlle lui lâcha la formule magique hérétique : « Je crois qu'il faut qu'on parle, Yoann ».

" *Yoann* "…
Pas " *Chéri* "… Pas " *Bébé* "… Pas même " *Noy* ", son

surnom officiel depuis l'adolescence... Juste " Yoann "...

Il s'imagina d'abord recevoir un petit sermon sur un truc qu'il aurait mal fait, ou oublié – Naëlle n'était cependant pas du genre à lui prendre la tête pour des conneries insignifiantes. Au lieu de cela, elle lui déclama une longue tirade sur ses appréhensions, ses doutes, insistant sur le fait qu'ils n'étaient plus que des inconnus l'un pour l'autre. Elle lui brailla des pamphlets sur l'évolution personnelle, leurs chemins qui prenaient petit à petit des directions différentes, leurs désirs non partagés, leurs ambitions trop opposées. Elle prétexta des cauchemars récurrents sur leur hypothétique vie dans la maison des « n'oizos », comme l'avait surnommé Maelys. Yoann l'avait écouté en silence, sans réellement accorder d'attention à l'argumentaire de son discours, car il en percevait déjà la conclusion.
Celle-ci fut plus ou moins conforme à ses prédictions. Elle ne lui annonça pas concrètement la rupture, mais lui suggéra un break. Pour lui, cela revenait au même. Il voulut la raisonner mais ses émotions embrouillaient son esprit. La colère n'était pas encore présente, mais son cœur s'émiettait à mesure qu'il réalisait ce qu'elle venait de lui énoncer. Naëlle n'était pas du genre à avoir des états d'âme, des doutes ou des remises en questions récurrentes. Il savait que si elle en était arrivée au stade de l'annonce officielle, sa déci-

sion avait été mûrement réfléchie.

Le couple passa cependant les mois qui suivirent sous le même toit, préférant attendre la fin de l'année scolaire pour révéler la nouvelle à Maelys sans trop perturber sa scolarité. Cette période de faux-semblants baignée dans les non-dits et la comédie plongea progressivement Noy dans un bain d'amertume et de fureur contenue. Naëlle avait détruit tout ce qu'ils avaient construit ensemble pour des raisons complètement absurdes et ça le rendait fou de rage ! Elle n'avait même pas eu le cran de lui dire simplement qu'elle ne l'aimait plus, ou qu'elle avait peut-être rencontré quelqu'un d'autre ! Non ! Elle s'était contentée de métaphores sur leurs routes qui n'allaient plus dans la même direction. Quant à ses soi-disant intuitions négatives… C'était selon lui l'alibi le plus insultant qu'elle ait pu inventer en guise de plaidoirie.
Leurs échanges devinrent quasi inexistants, sans dispute, mais glaciaux. Yoann prenait sur lui un peu plus chaque jour pour ne pas exploser. Le bien-être de Maelys était son seul garde-fou. Mais la tension latente lui devint si insupportable qu'il prit la décision de conserver la réservation de location pour s'y rendre seul. Cette perspective d'évasion lui permit de retenir son souffle et de faire illusion sans esclandres jusqu'au mois de juin, s'impatientant de pouvoir enfin s'envoler du nid galeux pour crier, hurler, exploser, réfléchir, chialer, picoler et cracher tout ce qu'il avait

contenu durant des mois.

Le moment venu, Naëlle tenta subitement de le retenir. Elle rompit le vœu de silence qu'ils avaient insidieusement établi ces derniers mois alors qu'il s'apprêtait à rejoindre Stan pour une petite soirée entre potes avant son départ. Elle argumenta son inquiétude en évoquant à nouveau ses fameux pressentiments complètement absurdes… Noy crut perdre le contrôle. Il fut à deux doigts de lui vociférer toute une panoplie d'insultes grossières et dévalorisantes, outré par le culot et l'égoïsme dont elle faisait preuve. Il réussit cependant à contenir ses élans et se contenta de lui communiquer le fond de sa pensée à voix basse, avec froideur et détachement.
— Je ne suis pas ton pantin, Naëlle. TU m'as imposé ta décision insensée de séparation… Cela me donne désormais le droit d'aller où je veux sans ton consentement. Faudra t'y faire désormais, je ne t'appartiens plus.
— Un break, Yoann… Je t'ai juste demandé un brea…
— Que les choses soient claires, y'a pas de break qui tienne pour moi. Soit tu acceptes qu'on essaie de traverser ta petite crise *mystico-existentielle* ensemble, unis comme on l'était ces dernières années, soit c'est bel et bien la fin de notre couple. On met pas les gens sur pause à sa convenance, ok ?
Elle soupira en guise de réponse.

Ce petit râle d'arrogance qui voulait dire « *tu comprends rien* » ne fit qu'exhaler sa colère. Il se mordit la lèvre avec véhémence pour ne pas imploser.

— Je sais, Yoann… Ok… Mais fais attention à toi là-bas s'il te plaît. Fais attention.

Se furent sur ces mots qu'ils se quittèrent, sans chaleur, sans larmes.

CHTAAAACK !!

**

Le bruit du choc mit fin immédiatement à son introspection.

Noy appuya de toutes ses forces sur la pédale de frein, par réflexe, faisant crisser les pneus sur le goudron bosselé de la petite route de campagne. Il prit quelques secondes pour revenir à l'instant présent puis analysa succinctement ce qui venait d'arriver : sur le pare-brise, une trace d'impact grosse comme « une pièce de deux euros » – *foutue pub Carglass…* Il sortit alors aussitôt de la voiture pour scruter le sol. La responsable, une petite pierre ronde, avait valdingué à quelques mètres du véhicule.

— Fais chier, merde ! Ça commence bien ! Il pleut des cailloux dans c'putain de bled ou quoi ?!

Il jeta un bref coup d'œil panoramique à la recherche éventuelle d'un gamin en fuite, ou autre plai-

santin à l'origine d'une mauvaise blague.
Rien…
Pas un pet de vent non plus d'ailleurs…
De chaque côté de la route, les champs s'étalaient à perte de vue. En cette fin de matinée, le soleil approchait de son zénith et venait caresser le paysage de sa douce lumière estivale. Le son des premières cigales de la saison chaude berçait le tout.
— Putain, fais chier, fais chier, FAIS CHIEEEER !!!
Il lança un violent coup de pied contre le pare-choc puis s'écroula sur ses genoux, en larmes. C'était la goutte d'eau – ou plutôt le jet de pierre – de trop. L'incident était ridicule, banal, et sans conséquence, mais il était à bout. Sa migraine, sa nuit blanche, la fatigue nerveuse, le trajet, les ruminations… Il pensait qu'il craquerait une fois arrivé sur place mais, seul sur cette petite route perdue au milieu de nulle part, plus rien ne l'empêchait de s'effondrer.

Un petit oiseau, pas plus gros qu'un moineau, se posa à quelques mètres de lui, dodelinant de la tête et chantonnant gaiement. Yoann l'aperçut du coin de l'œil, et s'adressa alors à son improbable camarade.
— Tu sais pas quelle chance t'as d'avoir une cervelle de moineau, toi…
Il rit nerveusement de sa propre ritournelle. Le piaf sautilla en arrière mais continua sa petite danse des cervicales, lui conférant un air de spectateur effa-

rouché mais curieux.

— J'ai rien à bouffer, désolé petit... J'ai oublié mon sac de graines à la maison. Enfin... Ma future ex-maison... Avec mon actuelle ex-femme dedans... Tu vois ? J'ai rien pour toi, le n'oizo... Désolé... J'ai rien pour toi...

Il eut un nouveau relent de sanglots en pensant à sa petite Maelys, si impatiente qu'elle était ces derniers mois à l'idée de découvrir la maison des « n'oizos »... Son innocence bientôt brisée par la décision incongrue de sa mère... Comment allaient-ils lui expliquer la chose ?

' Papa t'aime, ma chérie. Maman t'aime aussi. Papa aime Maman et Maman dit qu'elle aime toujours Papa... Mais Maman veut plus de Papa à la maison. Maman veut un break...

Pourquoi ? Parce que Maman voudrait que Papa ait une foutue route parallèle à la sienne... et parce qu'elle a un mauvais pressentiment...

Papa sait pas quoi te dire d'autre ma chérie... Papa comprend pas non plus, tu sais... Papa, il... '

Plongé dans ses ruminations, Yoann se rendit soudainement compte que le passereau n'était désormais plus qu'à quelques centimètres de lui. Dans son bec, il tenait, non pas un fromage, mais le petit caillou coupable de « violences sur pare-brise sans préméditation

».

— Hé ben dis donc toi ! T'es sacrément téméraire ! C'est pas un bout de pain ça, tu sais ?

Le volatile ne s'effraya pas davantage. Il se contenta de déposer alors à ses pattes la petite pierre ronde, qu'il fit rouler ensuite d'un coup de tête dans la direction de Yoann.

— C'est pour moi ?

Ses sanglots s'atténuèrent, amusé comme un gosse par son insolite donateur. Lentement, Yoann tendit la main pour ramasser l'objet sans effrayer l'animal. Ce dernier sautilla en arrière tout en scrutant le geste. Lorsque l'humain le tint en main, il s'envola alors en piaillant à nouveau son petit chant guilleret.

— Merci le piaf ! Vous savez accueillir les étrangers dans la région...

Cette petite scène atypique eut le mérite de redonner un léger sourire à son protagoniste. Yoann essuya ses dernières larmes et se ressaisit progressivement. Il n'était plus très loin de sa destination et l'agent immobilier l'attendait sur place pour l'état des lieux et la remise des clés. Éreinté et pressé d'en finir rapidement avec ces formalités, il se remit donc en route. Plus vite il serait seul, plus vite il pourrait s'offrir un repos mérité.

**

Enfin arrivé à destination, Yoann se gara dans la grande allée de terre sèche adjacente à la propriété. Le Domaine était bien plus impressionnant qu'il ne paraissait en photo. De longs ramiers de lierre embrassaient les murs en pierres sombres et irrégulières de l'atypique bâtisse moyenâgeuse. Elle s'imposait majestueusement au cœur de l'étendue de champs vierges, à la fois bienveillante gardienne et insaisissable espionne des lieux. Yoann fut à nouveau pris d'émotions lorsque son regard se porta sur les modillons, ces bucoliques sculptures portant sur leur dos les larmiers médiévaux qui encerclaient la façade du monument. Cette centaine de petits oiseaux taillés dans la roche enchantait le lieu. Il resta quelques instants hypnotisé devant ces passereaux pétrifiés, presque envoûté jusqu'au malaise par la multitude de petits yeux de pierre qui toisait sa venue.

Ce lieu aurait été la parfaite demeure pour y élever notre petite fille adepte de contes de fées...

Il s'extirpa enfin de sa rêverie pour retourner au-devant de la maison, là où la silhouette longiligne de l'homme de l'agence semblait l'attendre paresseusement. La personne qu'il avait eu en ligne lors de la transaction locative lui était apparue chaleureuse et avenante. Celle qu'il distinguait devant la porte d'entrée, en revanche, lui semblait bien austère. Âgée d'une bonne cinquantaine d'années, ses traits anguleux creusaient l'expression moribonde de son visage. Son regard était cerné d'auréoles sombres, et sa peau fripée portait les premiers stigmates du temps qui passe. Attifé dans un vieux costume trois pièces noir démodé, l'homme ressemblait davantage à un croque-mort qu'à l'agent commercial sensé le convaincre de louer les lieux à l'année.

Yoann s'apprêtait à le rejoindre pour en finir enfin avec les formalités quand son téléphone sonna.

Naëlle…

Il faillit à nouveau renvoyer l'appel — elle avait tenté de le joindre à plusieurs reprises pendant le trajet — mais il se raisonna. Il devait penser à Maelys. La petite avait déjà compris que quelque chose n'allait pas quand il lui avait annoncé son départ en repérage seul à la maison des « *n'oizos* ». S'il persistait à ne pas répondre à sa mère, la petite en souffrirait bien davantage. Et pas question qu'elle ne s'inquiète plus qu'il n'en faut ! Il décrocha donc et lâcha un « *allô* » neutre, dénué de toute agressivité.

— Yoann… Enfin…
— Quelque chose ne va pas ?
— Non, non… Ici tout va bien… C'est juste que j'ai essayé de te joindre plusieurs fois sans succès.
— Et ça t'étonne ?

Il avait parlé d'un ton sec, mais se reprit aussitôt.
— Je conduisais tout simplement.
— Oui… Désolée… Stan m'a dit que tu avais pris la route ce matin. Je voulais simplement… Enfin… Tu es bien arrivé ?
— À l'instant. Et je vais devoir te laisser. L'agent est là et il a pas l'air d'humeur à patienter davantage.
— Attends ! Juste… Maelys s'inquiète beaucoup, je peux te la passer deux minutes ?
— Naëlle, je préférerais rappeler un peu plus t…
— Papa ?
— Oui ma chérie ! C'est papa. Tout va bien, beauté ?
— J'ai pas bien dormi, papa. Et maman non plus. Tu es arrivé chez les n'oizos ?
— Mais oui ! L'endroit est magnifique !! Je te ferai plein de belles photos, tu vas A-DO-RER…
— On va vraiment aller vivre là-bas, papa ?
— Je peux rien te promettre ma puce. C'est pour ça que je suis parti seul, tu comprends ? Pour voir si c'est une bonne idée, et si tu y serais heureuse.
— Et avec maman aussi ?
Noy, prit de court, ne sut quoi lui répondre.
— Tu sais papa, j'aime plus trop cette maison…
— Ben v'là autre chose… Tu n'aimes plus les « n'oizos » ?
— Ils m'ont fait peur cette nuit… Dans mon rêve… Et à maman aussi… Et puis, depuis que vous parlez de la maison, avec maman, vous vous aimez moins…

— Les offrandes de la mésange noire —

— C'est donc ça… Ma puce… On s'aime toujours ta maman et moi, tu sais… Mais parfois, l'amour ne suffit pas et les parents doivent prendre un peu de temps pour faire le point. Je ne veux pas que tu t'inquiètes, ok ? Pour l'instant, ma chérie, tout va bien. Y'a même un petit moineau qui m'a gentiment offert une pierre magique ! Je suis sûr que c'est une pierre de protection. Et il m'a sifflé à l'oreille que cette pierre était pour toi.

Il tripota le bout de roche qu'il avait machinalement mit dans sa poche avant de repartir.

— C'est pas vrai ! Suis pas un bébé, je sais bien que ça existe pas la magie, hein ?

Elle avait pris son petit ton de boudeuse qui veut jouer « les grandes filles ».

— Bon alors, je la jette.
— Oh ben non !
— Ah ah ! Tu vois que tu y crois ! Je vais la garder tous les jours pour me protéger, et ensuite, elle te reviendra. Tout ira bien ma puce, d'accord ? Tu peux me repasser maman maintenant ?
— D'accord… Fais attention quand même hein !

Il l'entendit galoper en riant et se rassura de la retrouver à nouveau innocente, joyeuse et mutine.

— Re…
— Re…
— Merci de lui avoir parlé. Elle commence à se rendre compte que quelque chose ne va pas. Je ne sais pas trop quoi lui dire…

— Il va falloir prendre tes responsabilités. Mais attends que je rentre pour ça. À mon retour, on lui parlera…
— Et on lui dira quoi, hein ? Noy, je t'aime, tu le sais bien. Si j'ai exigé un break, et non une rupture, c'est justement parce que je crois encore en nous ! Tu peux comprendre ça, non ? Cette maison a foutu la merde, mais tu refuses de l'entendre. Je cauchemarde depuis des mois et tu refuses de le voir… Tu…
— Ça va être moi l'égoïste maintenant ? On était bien d'accord tous les deux, non ? Tu avais adoré cette maison dès les premières photos ! Le vrai problème, c'est ton cher garage ! Tu n'assumes pas de vouloir le faire passer avant ta famille ! Mon bonheur et celui de la p'tite, c'est accessoire pour toi !
— Tu ne comprends rien… J'en peux plus d'essayer d'arranger les choses… Tu refuses de m'entendre… Réfléchis-y pendant ces vacances. Fous ta colère et ton ego de côté, et réfléchis posément à notre situation, à ce que j'ai pu te dire. Jamais je t'ai fais de reproches ! Je suis inquiète, c'est tout. Pour moi, pour toi, pour la petite… Appelle ça de la superstition à deux balles si tu veux, mais je refuse de t'entendre parler de prétexte ou d'alibi égoïste ! Je…
— Bref… On va en rester là.
— Ok…
— On en reparlera à tête reposée. J'ai besoin d'évacuer pas mal de choses pour le moment. La Naëlle que j'ai

connu avait les pieds sur terre. Elle était pas du genre à se laisser diriger par des trucs farfelus d'intuition ou de mauvais présages. T'as raison sur un point, on ne se connaît plus…
— …
— Je dois te laisser, l'agent s'impatiente.
— Ok… Mais s'il te plaît, Noy… Fais attention… Fais attention à… à l'*Œil sans pupille*.
— Le quoi ?…
— Je sais pas ce que c'est. C'est juste quelque chose que j'ai vu en rêve cette nuit et…
— Ok… Stop… C'est du n'importe quoi.
— Juste, garde-le dans un coin de ta tête, tu veux bien ?
— Bonnes vacances.

Il raccrocha sans attendre son bonsoir, excédé et proche de la crise de nerfs.

**

L'agent était resté immobile, impassible, planté tel un piquet devant la porte d'entrée, en observateur sourd de la scène. Yoann devait se ressaisir pour tenter de ne laisser transparaître aucun malaise. Il prit donc une longue inspiration et partit enfin le rejoindre.
— Bonjour monsieur. Excusez-moi pour le retard, j'espère que vous n'avez pas trop attendu…
— Monsieur Gurguy, je suppose.

Son ton était froid, austère et sans variation d'intonation, à l'image du personnage sec et creux qui se tenait devant lui. La forte calvitie qui dénudait son crâne le vieillissait davantage. Ses yeux tombants lui conféraient le même regard blasé que celui du chien de Colombo et ses bajoues dégoulinantes le dotaient d'un sourire « à la Droopy ». Malgré ces comparaisons risibles et peu flatteuses, le personnage n'avait cependant rien de comique.
— Vous pouvez m'appeler Noy, ce sera plus convivial.
— Je ne vois pas votre femme ni votre fille, Mr Gurguy. Quand vont-ils vous rejoindre ?
Yoann ne prêta pas attention à l'effronterie indélicate du vieil agent. Il n'avait pas pensé devoir se justifier de l'absence du reste de sa petite famille et se rappela alors que l'agence avait accepté cette courte location dans l'unique but de convaincre le couple de s'y installer à l'année. Il était évident que l'arrivée d'un homme seul pouvait engendrer quelques suspicions.
— Non… Euh… Nous avons eu un contretemps avec la petite. Ma femme a préféré lui éviter le voyage et rester auprès d'elle… J'espère que cela ne pose pas de problèmes ?
— Mmmmh… Vous êtes le chef de famille M. Gurguy. C'est à vous que reviendra la décision finale de toute façon. Je n'y vois donc pas d'inconvénients.
Apparemment, le siècle qui avait permis de faire évoluer les mentalités avait grandement pris soin de

contourner les mœurs du vieil homme rétrograde. Yoann était trop las pour entamer un débat sociétal à l'embrasure de la porte. De toute façon, l'étroitesse d'esprit de son interlocuteur aurait conduit la causerie droit dans le mur. Il ignora donc la réflexion, espérant se délivrer rapidement de son sexiste importun.

— Bien, je vous remercie. Je peux vous demander les cl…

— Bienvenue au « Domaine de la Mésange noire », Monsieur Gurguy. Le monument médiéval qui vous accueille en son sein tire son nom de ses incroyables sculptures qui arpentent les façades du bâtiment. Nous avons pu dater sa construction aux alentours de 1476. Le village appartenait alors aux terres de la Seigneurie Duchastel et…

Il récitait les répliques de son discours promotionnel sans aucun entrain. C'en était trop pour Yoann, qui ne put contenir davantage son impatience.

— Désolé de vous couper, mais j'ai pris la route très tôt ce matin, et je suis vraiment fatigué. Alors, bon… Votre « blabla touristique »… On repassera, hein ?! Occupons-nous plutôt de l'état des lieux, pour en finir vite fait avec la paperasse.

L'agent se tut aussitôt. Il fixa alors Noy en silence, impassible. Le jeune homme ressentit le malaise engendré et reprit donc la parole sur un ton plus courtois.

— Ne vous méprenez pas, hein ? Je suis impatient d'en

apprendre davantage sur l'histoire de cette incroyable bâtisse. Mais, si ça vous convient, je pourrais vous retrouver à votre agence dans quelques jours pour la découvrir à tête reposée ?

Après quelques longues secondes de mutisme, le vieil hibou daigna enfin lui répondre, affichant pour la première fois un curieux rictus bien éloigné du chaleureux sourire commercial d'un agent immobilier traditionnel.

— Bien… J'aurai essayé… Dans ce cas, veuillez me suivre à l'intérieur.

**

Comme stipulé dans l'annonce, l'intérieur avait été réaménagé pour offrir un confort moderne aux potentiels futurs locataires. L'entrée donnait directement sur la pièce principale, meublée notamment d'une grande table en bois de chêne, parfaite pour réunir quelques visiteurs autour d'un bon repas. Un coin salon, composé d'un long sofa Jacquard à dominante verte et de son fauteuil assorti, valorisait la cheminée au manteau de pierre indubitablement d'époque. Elle était sur-cadrée par deux statuettes de passereaux qui se faisaient face, en parfaite symétrie et identiques aux modillons extérieurs – voilà qui confortait là encore le caractère atypique de cette architecture initialement gothique. Enfin, une cuisine américaine, rustique mais agréable, occupait le reste de la surface. Avec ses deux colonnes porteuses en pierre de Volvic, cette pièce à vivre arrivait à conserver son charme ancestral, sans pour autant tomber dans le rupestre bourrin de l'univers médiéval. La fraîcheur ambiante de la roche était agréable en cette saison, et Noy fut surpris de ne pas sentir d'odeur d'humidité, principale crainte du couple lorsqu'ils étaient encore en accord avec leur nouveau projet de vie. Au fond de la salle, un petit couloir menait aux autres pièces. Trois d'entre elles étaient des chambres meublées de très bon goût. Rien de moribond, rien qui ne fasse penser à la vieille chambre de mamie, mais rien d'ostentatoire non plus. La lumière pénétrait les lieux avec abondance, et la vue sur le vaste terrain florissant du Domaine diffusait un climat calme et apaisant. C'était véritablement un lieu de paix idéal pour une retraite spirituelle, et cette idée de maison d'hôtes lui parut plus géniale encore qu'il ne se l'était initialement projeté. Noy fut à nouveau pris d'un élan de rage vis-à-vis de Naëlle et de ses arguments infondés d'insécurité. Nul doute que leur projet aurait pu aboutir : ses compétences de commercial auraient facilement pu séduire une clientèle cossue qui leur aurait garanti des revenus corrects et réguliers.

L'agent termina le tour du propriétaire par ce qu'il présenta comme étant « le centre névralgique » de la propriété. Ils retournèrent dans la pièce à vivre pour emprunter la porte limitrophe à la cuisine américaine.

La vieille pie en costard tâtonna le mur, en quête de l'interrupteur, puis invita Noy à descendre des escaliers de pierre qui devaient probablement mener à une simple cave.
Mais cette dernière n'avait rien de banal…
Yoann perdit temporairement toute sensation de fatigue lorsqu'il fut englouti par l'immense sous-sol pavé de granit. La galerie, qui semblait sans fond, devait probablement égaler la superficie du Domaine tout entier. Elle était constellée de portiques aux voûtes sur croisées d'ogives, dont chaque noyau comportait en son centre un imposant anneau en fer forgé, sans doute destiné à l'accroche de vieux lustres médiévaux en bois de chêne. Noy en avait le souffle coupé. Alors qu'il laissait son regard se perdre dans les méandres infinis de l'obscur souterrain, il fut pris d'un désagréable frisson, qui s'amusa à lui chatouiller l'échine.
— Cette pièce n'a subi aucune transformation. Nous nous sommes contentés de la nettoyer. Son potentiel est grand. Une cave à vin, une salle de billard…
La voix du vieil homme, amplifiée par l'écho grave et humide engendré par ces murs, fit sursauter Noy. Il sortit enfin de l'étrange torpeur dans laquelle il semblait momentanément avoir été plongé.
— Ça fait sacrément grand pour un garde-manger !
La réflexion était particulièrement stupide et mal à-propos, mais cela lui permit de reprendre complètement ses esprits.

— Cette pièce ne servait pas à cela.
— Je me doute bien… Ça doit être le genre de truc avec des couloirs cachés menant à des catacombes ça, non ? Ou au château du Seigneur *Machin'chose* ?
— Duchastel… Et non, Mr Gurguy… Pas de passages secrets, vous fantasmez, mon brave…

" *Mon brave* "… *Ce gars est une véritable relique de l'époque…*

Sa confusion désormais passée, l'agacement initial qu'il éprouvait pour son guide d'infortune lui revint au galop.
— J'ai jamais été fort en Histoire… Alors, en architecture médiévale, vous pensez bien que…
— Vous auriez pu le savoir…
— Je vois pas comment j'aurais pu…
— Si vous aviez daigné écouter mon « blabla touristique ».
— Ah… Oui… Bien sûr…
Apparemment, Mister « *Cul serré* » n'avait pas vraiment apprécié qu'on lui censure son opportunité de briller en société en faisant étalage de son grand savoir – qui devait sans doute se résumer à un condensé de Wikipédia appris par cœur pour épater quelques pigeons allogènes et naïfs. Noy décida de ne pas renchérir davantage, et l'agent mit fin au malaise en écourtant enfin la visite.

— *Les offrandes de la mésange noire* —

— Remontons, si vous le voulez bien. Je vais vous laisser tranquille. Vous vous accoutumerez bien mieux aux lieux sans moi, je suppose. Vous trouverez quelques provisions dans la cuisine, cadeau d'accueil de l'agence pour vos premiers jours parmi nous. Si vous venez faire quelques courses au village, surtout, pensez bien à me contacter personnellement avant… Pour convenir de notre petite entrevue bien sûr. Ma carte est sur le bar.

Les papiers furent finalement signés et la clé des lieux remise. L'agent quitta alors les lieux, laissant Yoann enfin seul dans cet immense ventre de pierre. Au-dehors, les oiseaux gazouillaient… Et plus rien d'autre ne se faisait entendre. Ce silence, pourtant tant attendu, le décontenança quelque peu. Il prit place sur le canapé, face à la cheminée.

Pas de télé, pas de bruit de circulation, pas de cris d'enfants…

Le monde était sur pause.
Il fondit alors en larmes jusqu'à s'endormir d'épuisement sur le grand berceau vert qui l'embabouina douillettement.

**

Son escapade au pays de Morphée ne fut pas de tout

repos. Plongé dans les limbes de son subconscient, Noy fit un rêve des plus déstabilisants.

Alors qu'il se baladait avec sa petite Maelys le long de l'allée de la Propriété, tous deux amusés par le chant guilleret d'une nuée de petits oiseaux qui volaient au loin, la main de sa fille lui parut progressivement plus grande, plus rugueuse... plus froide aussi. Lorsqu'il tourna la tête vers elle, l'enfant avait disparu. À sa place, Noy empoignait désormais la squelettique patte du lugubre agent immobilier, plus pâle encore qu'il ne l'était dans la réalité. Ce dernier lui adressa un rictus diabolique. Les traits de son visage anguleux, déformés par son étrange grimace, laissèrent apparaître une rangée de dents noires et tordues. Le croque-mort prit la parole, empruntant la voix de la petite fille qu'il incarnait quelques secondes auparavant :

— Tu m'as abandonné, papa. Tu l'as laissé t'offrir aux n'oizos ! Tu m'as abandonné...

Le chant des piafs devint de plus en plus intense, insoutenable cantique dispersé par les ondes d'un vent pourtant inexistant. Noy leva la tête. Sous le toit de la propriété, les oiseaux de pierres sensés soutenir la corniche avaient désormais le visage de Naëlle. Les cris d'oiseaux se muèrent alors en paroles glaçantes, ténébreuses, prononcées avec la phonation de celle qu'il continuait d'aimer à la folie.

— L'Œil sans pupille te scrute. Il est trop tard désormais.

Elle conclut ses mots par un pépiement grave et sardonique. La foudre s'invita au tumulte général. Puis ce fut une pluie de petites pierres saillantes qui s'abattit sur le pauvre père et mari, conspué par les railleries corrosives des abominations mythologiques qui composaient son public.

Yoann essaya de crier, mais aucun son ne sortit de sa bouche. Il tentait de se débattre pour se libérer de la poigne du sinistre agent mais les gravillons acérés tombant du ciel le frappaient avec virulence, et rapidement, son corps fut perlé de larmes rouges.

Les « Naëll'zos » se délectaient du spectacle, ovationnant le lynchage par quelques piailleries stridentes et acerbes. Leurs yeux, initialement si noirs et opaques, se teintèrent de pourpre à mesure que leur proie se vidait petit à petit de son sang.

Enfin, l'un d'eux commença à s'animer, déployant ses rocailleuses ailes sans plumes, sans quitter du regard la miséricordieuse silhouette qui s'agitait en contrebas. Le nez, initialement si fin et délicat, de ce visage d'ange à corps d'oiseau se mua en un bec puissant et aiguisé. L'animal hybride prit son envol et piqua alors droit sur sa cible. Noy pleurait, suppliant en vain son geôlier de desserrer son étreinte, implorant la créature ailée de l'épargner. Mais la « *thériantropique* » bête ne quitta pas sa mire du regard.

Il n'y eut pas de cris, mais un incongru bruit d'éclats de verre lorsque le cinglant rostre embrocha l'œil droit de sa victime.

**

Yoann se réveilla, en sueurs, déboussolé, tremblant d'horreur, pleurant encore les spectres de douleurs qu'il venait d'éprouver. Il erra quelques instants dans le chemin vaporeux qui sépare l'inconscient du monde réel. Dans sa tête, l'écho fracassant du coup résonnait encore. Un bref instant, l'image de la pierre lancée sur son pare-brise un peu plus tôt dans la journée s'entremêla aux réminiscences de son cauchemar, puis la confusion s'évapora peu à peu, à mesure qu'il s'extirpait de sa torpeur.

Il était de retour sur le territoire lénifiant du rationnel, allongé sur le fameux canapé verdâtre responsable de son tempétueux sommeil. La pièce était désormais plongée dans l'obscurité crépusculaire et les silhouettes des deux statuettes d'oiseaux qui encadraient la vieille cheminée firent brièvement écho à son mauvais rêve avant de retrouver leur charme angélique et rassurant.

Après quelques longues minutes, il se redressa enfin, étirant son dos endolori par son couchage inapproprié. Le coucher de soleil avait peuplé la pièce d'ombres nuancées de teintes orangées, mais pas de vieille chouette en costume noir, pas de Naëlle customisée en avion de chasse, pas de pépiements assourdissants…

Juste quelques meubles et le calme de la campagne.

**

… Calme ? Vraiment ?
Un petit bruit de verre frappé rompait par intermittence le silence apaisant de la pièce.

Toc… Toc toc… Toc… Toc toc toc…

Le son était à peine audible, mais suffisamment perceptible pour susciter la curiosité du locataire peu coutumier des lieux. Yoann abandonna son lit d'appoint pour se diriger vers la cuisine. L'insolent grincement semblait bien provenir de là, mais où exactement ? À peine y fut-il rendu que le bruit avait cessé.
Sur le plan de travail, il reluqua alors avec appétence les deux baguettes de pain et la corbeille de fruits laissées par l'agence. Il avait faim, et ces provisions le détournèrent momentanément de son enquête initiale.

J'espère qu'ils m'ont laissé autre chose à grailler… Vraiment pas envie de taper des courses au village dès demain…

Il remarqua une petite carte coincée entre le régime de bananes et la poignée d'abricots du panier.

— Les offrandes de la mésange noire —

A. Charon
Agent immobilier
Services de gardiennage et guide local

La business-card de son cher accueillant. Noy prit conscience qu'il n'avait même pas pensé à lui demander son nom lors de leur rencontre. Ce constat le culpabilisa un bref instant. Le personnage n'était certes pas des plus avenants, mais il n'avait lui-même pas été des plus courtois avec lui. Son retard, l'absence de sa petite famille, son empressement… Il avait en effet fait preuve d'indélicatesse et peut-être avait-il jugé un peu trop hâtivement le bonhomme sur sa simple apparence…

Bah… Vous venez de m'filer une sacrée frousse en tenant un des rôles principaux dans ma virée à « Bad-trip Land », M'sieur Charon. On va dire qu'on est quitte, non ?

Noy délaissa rapidement la carte – ainsi que sa préoccupation culinaire – pour retourner à ses investigations initiales. Il pensait à une souris, rien d'étonnant dans une telle bâtisse, et scruta donc le sol en quête du rongeur responsable de l'agaçant petit cognement entendu quelques secondes plus tôt.
Ses recherches furent vaines.
Murs et placards ne présentaient décidément aucun vice – hormis l'agréable trouvaille d'une bouteille

d'un excellent vin rouge, qu'il prendrait certainement plaisir à déguster au cours du prochain repas. Il n'entendait plus rien et s'apprêtait donc à renoncer quand le crissement reprit juste derrière lui.

Il sursauta et se retourna aussitôt pour faire face à la fenêtre. Encore hanté par son cauchemar, il s'attendit à tomber nez à nez avec la lugubre silhouette d'un Monsieur Charon aux dents pourries, prêt à briser la vitre d'un jet de pierre pour l'empoigner et s'adonner à une série de tortures sadiques et délirantes envers son client mal éduqué. Il se trouva finalement pantois devant le sournois coupable de cette nouvelle frayeur : un guilleret petit oiseau tapotait simplement la vitre avec son bec.

Yoann délaissa sa perplexité et partit alors dans un fou-rire baigné de honte. Ses angoisses s'y noyèrent instantanément, amusé par l'anecdote. Le scénario du film intérieur qu'il s'était conté venait de quitter les mains de Sam Raimy pour finir dans celle des studios Disney ! L'oiseau, quant à lui, continuait son petit manège, imperturbable malgré le curieux humain qui se tordait de rire de l'autre côté de la fenêtre.

Toc... Toc toc... Toc... Toc toc toc...

Sa crise d'hilarité enfin apaisée, Noy décida de remercier l'acteur à plumes, malgré les frayeurs que ce dernier lui avait causé. Il arracha le croûton d'une des baguettes de pain et avança en direction de l'animal joueur.

— Ça fait deux fois aujourd'hui qu'un piaf de ton espèce me redonne le sourire… Ça mérite bien une petite récompense, t'es pas d'accord ?

À l'approche de l'homme, l'oiseau stoppa son martèlement. Délicatement, Yoann ouvrit la fenêtre pour déposer quelques miettes de son offrande sur le rebord. L'oiseau s'envola aussitôt pour se poser à distance raisonnable, sur le sol de graviers, adressant à son importun bipède quelques piaillements de rébellion.

— N'aies pas peur le n'oizo… T'as rien à craindre de moi. Sauf si le frigo est vraiment vide et que je tombe sur un fusil de chasse… Mouarf ! Mouarf !

Il préleva un nouveau morceau du croûton qu'il lança dans l'allée. L'oiseau s'en approcha prudemment, faisant osciller son petit cou élastique dans tous les sens. Lorsqu'il détermina que le présent de l'humain était non seulement comestible, mais également fortement appétent, il activa le mode « marteau-piqueur » sur la docile proie de froment.

Yoann contempla avec détachement le spectacle, à nouveau happé par d'autres pensées.

— On aurait été bien ici… C'est si calme… Loin de cette merde de vie polluée et stressante…

Il reçut en guise de réponse le gazouillement reconnaissant du piaf.

— *Les offrandes de la mésange noire* —

— T'es d'accord avec moi, toi, hein ? Un mauvais pressentiment… Tu parles d'une excuse bidon…

L'oiseau ignora la remarque. Il saisit dans son bec un petit gravillon puis sautilla de quelques centimètres en direction de son généreux donateur.

— T'as encore faim ? Attends, je vais te redonner un truc meilleur que ton morceau de pierre.

Yoann lui tourna le dos un court instant pour s'enquérir d'un nouveau bout de pain. L'audacieuse bête à plumes en profita aussitôt pour s'introduire à l'intérieur de la demeure aux délices par la fenêtre béante, toutes ailes déployées et gravier au bec.

— Hé !!! Mais non !! Tu vas chier partout ! Oust !

La chasse à l'intrus se solda rapidement par un échec cuisant du traqueur. Yoann ne possédait clairement pas la dextérité d'un chat, et en face de lui, l'adversaire avait non seulement l'avantage aérien, mais il semblait également doté d'une sacrée dose d'intelligence et de furtivité ! Au bout de seulement quelques minutes, Noy avait perdu la trace de son invité indésirable, et le silence régnait dans chacune des pièces qu'il s'évertuait à explorer.

— Manquait plus que ça… Fais donc ce que tu veux tiens…

Résigné, il renonça à cette course-poursuite ennuyeuse et vaine et se contenta de laisser une fenêtre ouverte à l'attention de son colocataire intrusif. Il avait un passe-temps autrement plus passionnant en tête, et les gargouillis intermittents de son estomac affamé se chargèrent de lui rappeler à quel point manger pouvait être sacrément chouette.

Dans le frigo, un poulet rôti accompagné de pommes de terre rissolées attendaient avec impatience d'être dévorés. Si le plat avait été initialement prévu pour rassasier une famille de trois personnes, il fut cependant englouti entièrement par un seul homme, déprimé certes, mais certainement pas au point d'en perdre l'appétit. Il acheva son repas dans le salon en inaugurant la bouteille de vin – un excellent cru qui eut le mérite de l'enivrer avec délicatesse – avec pour seule compagnie les deux volatiles de pierre imperturbablement dressés sur la tablette de la cheminée. Noy passa alors le reste de la nuit à ressasser sa situation. Il troqua les rires pour des cris, puis les cris pour des larmes, largement encouragé par les verres du précieux nectar rouge qu'il s'enquillait sans les apprécier à leur juste valeur.

Lorsque l'aube pointa le bout de son nez, Noy se sentit enfin vide, délesté du poids d'un panel d'émotions qu'il avait emmagasiné ces derniers mois. Il n'eut pas le courage de rejoindre la chambre qui aurait dû recueillir les ébats d'un couple amoureux et rempli de promesses d'avenir. Il s'équipa donc d'une couverture et reprit place sur le canapé du salon pour s'y endormir, non sans une certaine appréhension.

Aucun mauvais rêve ne vint hanter son sommeil éméché, cette fois. Son cauchemar se contenta de l'observer docilement dormir, attendant patiemment qu'il se réveille pour mettre à exécution ses voraces intentions.

— *Les offrandes de la mésange noire* —

***

Une semaine plus tard, Naëlle garait sa flamboyante Clio 4 anthracite dans l'allée vierge qui longeait le Domaine. À l'arrière, Maelys, qui avait dormi durant tout le voyage, manifesta quelques bougonnements réprobateurs lorsque sa maman tenta de la réveiller en douceur.
— Debout ma chérie… On est arrivé.
— Papa est là ?
Naëlle ne put retenir un triste soupir de déception.
— Je ne pense pas ma puce. Je vais discuter avec le monsieur de l'agence à ce sujet. Mais la maison semble incroyable ! Tu devrais en profiter pour te dégourdir un peu les pattes et explorer ce « *château* », non ?
— C'est pas un château, d'abord… Et pis… Oooooh !!!
La petite avait enfin daigné ouvrir les yeux. Immédiatement, sa candeur fut happée par le féerique spectacle des oiseaux de pierre de la corniche. Elle s'extirpa aussitôt de la voiture pour apprécier de plus près la flopée de piafs pétrifiés qui trônait docilement à l'orée du toit. Naëlle sourit mélancoliquement. Comme elle enviait son innocence ! Elle admirait la naïveté de Maelys et sa facilité à mettre les soucis de côté dès qu'une occupation plus attrayante s'offrait à elle.

Comme si elle rangeait temporairement le manque de son papa dans un tiroir pour en ouvrir un autre plus joyeux…

— T'as vu ça, Maman ? T'as vu les n'oizos ?! Y sont trop jolis !! On dirait qu'y'en a plus que sur les photos !
— Ils sont magnifiques, ma puce…

L'enfant temporisa son enthousiasme.
— Finalement, ils font pas du tout peur en vrai… Pas comme dans nos rêves… Hein, maman ?
— C'est vrai… L'endroit n'a vraiment rien d'effrayant. Tu as vu la beauté de ce jardin ? On s'est sans doute montées le bourrichon pour rien toutes les deux.

Pourtant, Naëlle n'arrivait pas à s'en convaincre. Oui, tout était superbe. La lumière du soleil déposait une fine et délicate teinte dorée sur un paysage fleuri, bercé par le doux chant d'une faune accueillante. Mais les murs de pierre restaient froids. Et ces gardiens ailés… Ils l'observaient, elle le ressentait. C'était fou, elle en avait bien conscience, mais elle se savait épiée, scrutée, jugée. Jusqu'alors, cette sensation n'était apparue que dans ses rêves. Mais son malaise avait refait surface avec véhémence dès son arrivée sur les terres du Domaine responsable de ses troubles du sommeil de ces derniers mois.

Et après tout, n'avait-elle pas une bonne raison de ressentir de telles ondes négatives ? Son mariage partait en fumée à cause de cette fichue demeure. Quand bien même ses ressentis ne seraient que les purs symboles métaphoriques des failles de son couple, la vieille bâtisse n'en restait pas moins le déclencheur de cette crise !

Le moment de remettre en doute ses intuitions était de toute façon révolu. Elle était là pour une simple raison : elle aimait son mari et leur séparation était ridicule. Noy s'entêtait depuis presque une semaine à ne plus lui répondre. Il lui avait laissé pour dernier contact un simple texto l'informant de son besoin de déconnecter du téléphone quelques jours, et de ne pas s'en inquiéter.

Ne pas s'inquiéter… Facile à dire, non ?

Elle lui avait pourtant parlé de ses mauvaises rêves ! Il avait bien vu qu'elle dormait mal depuis janvier. Au début, elle-même croyait simplement être effrayée de quitter son travail pour tout recommencer à zéro dans un coin paumé, à des centaines de kilomètres de leurs proches.

Qui ne l'aurait pas été ?

Mais il y avait autre chose… Quelque chose qu'elle avait essayé d'expliquer des milliers de fois à son Noy, et à chaque fois, elle n'avait reçu pour seule réponse que son agaçante mimique, celle qu'il avait de lever les yeux au ciel quand il considérait les propos de son interlocuteur trop absurdes pour prêter lieu à un quelconque échange verbal.
Comment ne pouvait-il pas comprendre que son état

d'anxiété, n'était pas fondé sur une vulgaire lubie ? Et encore moins sur une simple ambition égoïste, comme il s'en était convaincu ? Elle s'était même fait prescrire du Xanax ! Elle ! La fanatique du « Tout au naturel » et des médecines traditionnelles ! Alors, bien sûr qu'elle s'inquiétait de savoir son homme, furieux et déprimé, se terrer seul pendant quinze jours dans une baraque isolée, aussi charmante soit-elle au premier abord ! Et comme si cela n'avait pas suffi, voilà qu'il avait décidé de la punir de son *odieux* délit d'inquiétude en filtrant tous ses appels.

Elle avait failli appeler la police, craignant un acte désespéré de l'homme qu'elle aimait, obsédée par l'idée qu'il ait pu commettre l'irréparable en les abandonnant définitivement, pendu à un arbre ou étouffé dans son vomi après avoir ingurgité un cocktail fatal de saloperies chimiques noyé dans quelques bouteilles d'alcool. Mais elle contacta finalement l'agence immobilière, et son interlocuteur réussit l'exploit d'apaiser l'élan de panique irrationnelle qui avait momentanément pris le contrôle de son esprit. L'homme qu'elle avait eu en ligne était en contact régulier avec Yoann, et s'il avait vite compris qu'une tension avait éclaté au sein du cocon familial de son locataire, il avait pu la rassurer sur son état psychologique. Apparemment, « Monsieur Gurguy » avait des journées chargées. Il appréciait visiter la région et ne profitait de la maison que pour y dormir.

— Les offrandes de la mésange noire —

' Tout le village est ravi de sa venue ', avait-il ajouté.

Naëlle était en colère... Terriblement en colère. Noy semblait bien s'amuser avec ses nouveaux amis, alors qu'il jouait au *Roi du silence* avec sa propre femme et sa fille, rongées par l'angoisse et la tristesse... Cependant, elle restait plus inquiète que furieuse : ce n'était pas dans ses habitudes de rester si longtemps sans au moins avoir la petite au téléphone. Désormais, elle ne voulait plus qu'une seule chose : discuter avec son homme, entre adultes, face à face et faire sauter les censures et les filtres qui s'étaient instaurés implicitement au sein du couple ces derniers mois. L'agent s'était gentiment proposé de lui confier un double des clés si elle souhaitait rejoindre le Domaine pendant les vadrouilles de Yoann, et elle n'avait pas hésité une seule seconde. Naëlle avait bouclé une valise en moins de dix minutes et, avec Maelys, elles avaient pris la route le matin même pour rejoindre ce maudit nid de pierres.

Le vieil homme était déjà là, à les attendre devant l'entrée. Impassible, nonchalant et peu avenant, il était cependant présent pour les accueillir, *LUI*, contrairement à son mari vagabond. L'agent pourrait peut-être lui offrir quelques réponses en l'absence de Noy. Naëlle mourrait impatience d'en savoir un peu plus sur les activités de sa chère et tendre tête de mule du-

rant ces derniers jours.
— Tu restes jouer dans le jardin ma puce ? Je vais discuter avec le monsieur et visiter un peu l'intérieur. Ne t'éloigne pas surtout. Je veux te voir à travers la fenêtre, d'accord ?

Alors que Maelys tentait d'attraper quelques papillons avec ses petites menottes bien trop fines et maladroites pour couronner sa chasse de succès, Naëlle partit rejoindre la silhouette frêle et austère de l'agent immobilier qu'elle avait eu en ligne le matin.

— Madame Gurguy, je suppose ? Bienvenue dans le Domaine de la Mésange Noire. Voici votre double de clés.

— Merci beaucoup. Et merci surtout pour votre écoute et votre compréhension face à… à la situation.

Naëlle lui serra nerveusement la main. Elle contemplait distraitement la maison, cachée derrière ses lunettes de soleil noires, envahie à nouveau d'un profond sentiment de détresse jusqu'à l'étourdissement.

— Je vous en prie, je peux comprendre, Madame Gurguy. Vous semblez fatiguée. Entrez donc vite vous asseoir au frais, à l'intérieur. Si vous voulez discuter un peu, je…

— Oui ! Oui, merci… Si vous voulez-bien… J'ai quelques questions à vous poser. Quelque chose ne va pas… Je ne sais pas quoi, mais quelque chose ne tourne pas rond…

— *Les offrandes de la mésange noire* —

***

Au matin du second jour de ses vacances, Yoann se réveilla étonnement en forme, malgré sa nuit arrosée. Il se sentait enfin libéré d'un poids, celui qu'il avait contenu pendant plusieurs mois. Pleurer lui avait fait du bien, et les quelques heures de sommeil sans rêve avaient réussi à apaiser un peu sa rancœur et son amertume. Enfin, il était apte à analyser la situation avec plus d'objectivité, et surtout moins de mélodrames – la solitude a ses vertus si on se donne la peine de l'exploiter avec sagesse et humilité. Il se rendit en cuisine pour s'offrir un petit-déjeuner léger mais sain. Pas de Nespresso à sa disposition, il se contenta donc d'un peu de chicorée pour accompagner les quelques fruits piochés dans la corbeille de l'agence.

' *On est ce que l'on mange, Noy* ', lui répétait régulièrement Naëlle.

Donc, hier, j'étais un poulet rôti emberlificoté dans sa ficelle de cuisson, et aujourd'hui, me voilà réduit à une pauv' banane pelée… Chouette évolution…

La comparaison n'avait rien d'insensée. Une simple nuit, loin de tous et de tout, avait dénoué quelques uns des nœuds qui l'emprisonnaient dans sa fierté et son entêtement. Il était désormais nu face à lui-même,

sans son épaisse couche protectrice, et, à vrai dire, il commençait à se sentir un peu con…
Que reprochait-il à Naëlle exactement ? D'avoir changé d'avis par inquiétude ? De lui avoir demandé un *break* pour réfléchir, non pas à leur couple, mais à l'avenir qu'ils souhaitaient construire ensemble ? Et il avait eu le culot de la traiter d'égoïste… Alors même qu'il avait persisté à jouer les aveugles quand elle avait commencé à faire ses cauchemars, alors même que ses fabulations mystiques auraient dû l'alerter sur sa fragilité émotionnelle. Au lieu de la rassurer, d'être à son écoute, *Mister Primate* et ses copains *Macho* et *Orgueilleux* s'étaient sentis humiliés par la remise en cause de ses capacités de mari parfait. Il avait agi avec elle tel un gamin capricieux à qui on aurait dit *'non'* pour la première fois.
Elle avait cependant ses torts.
Sa décision avait été un peu brutale et inattendue. L'angoisse, sans doute, avait fichu le bazar dans son esprit raisonnable et sensé. Mais tous ces délires de prémonitions, et autres superstitions saugrenues ne pouvaient pas uniquement résulter d'une simple déprime passagère. Elle surjouait, il en restait convaincu. Elle surjouait parce qu'elle n'arrivait pas à s'avouer à elle-même les véritables raisons de ses craintes.
Ils auraient dû en discuter, quitte à s'engueuler un bon coup. Noy se rendait compte, après cette nuit passée entre cris et larmes, qu'à trop se retenir, on n'y

gagnait que tracas et constipation émotionnelle. Et dans cet état d'esprit, le cœur ne trouvait plus la place pour accueillir autre chose que ce qu'il contenait alors : rancœur, humiliation, tristesse et incompréhension. Avoir expulsé ses émotions lui permettait désormais de remplir ce vide par quelque chose de plus agréable et prolifique. Quelque chose proche de l'espoir.

On aurait dû... On aurait pu...
Non ! On devrait ! On pourrait !
Oui, on peut encore faire quelque chose, putain !!

Noy sentit des ailes lui pousser dans le dos. Cet élan de positivité le galvanisa et il se précipita sur son téléphone, décidé à reprendre les rênes de sa vie pour sauver son couple. Il s'aperçut alors que sa tendre épouse avait tenté de le joindre alors qu'il dormait encore. Convaincu de retrouver dans son message la même intention optimiste qui venait de s'emparer de lui, il consulta sa boîte vocale avec entrain.
La douche fut froide.
La voix de Naëlle était glaçante, piquante. Elle était hors d'elle. Voilà qu'elle se mettait à lui reprocher d'être parti au Domaine sans même avoir pu penser qu'elle aurait peut-être voulu prendre sa place !

' *... et c'est moi l'égoïste ?!!*, hurlait-elle dans le répondeur. *Ta fille aurait peut-être aimé y aller avec sa ma-*

man, non ?! T'y as même pas pensé une seule seconde à ça ! '

Elle était enragée. Jamais il ne l'avait connu ainsi. Son venin raviva ses piqûres d'amertume et les blessures d'ego encore trop récentes pour avoir eu le temps de cicatriser.

Donc... Madame a remis en question tout notre couple parce qu'elle ne voulait PAS venir dans ce foutu « Domaine de la merde noire », et maintenant, elle me reproche de pas lui avoir proposé de venir ???

Il sentait à nouveau la cocotte exploser et les ficelles de la rage ligoter son esprit. Cependant, au lieu de repartir dans la spirale des reproches sans queue ni tête, il se contenta de prendre une longue inspiration. Non, il ne retournerait pas en arrière. Non, il ne redeviendrait pas ce poulet fade encordé par les chaînes de la rancune. Il avait eu l'occasion de vider son vase de noirceur la veille. Elle, non. Noy devait se comporter en adulte désormais. Il pouvait se mettre à sa place deux secondes. Il lui devait bien ça. Sans doute lui faudrait-il encore quelques jours avant de voir enfin disparaître les derniers résidus de colère, mais il pouvait tout à fait se les accorder. Après tout, il était venu là pour déconnecter, non ?
L'idée lui vint de mettre à profit ce temps libre pour faire ce qu'ils auraient dû initialement faire ensemble

lors de ce séjour : visiter le village, prendre des renseignements sur l'école, les transports, les commerces. Pas forcément pour la convaincre de changer d'avis. Non. Simplement pour la rassurer et la pousser à son tour à se libérer avec sincérité. Rien ici ne pouvait justifier les soi-disant intuitions négatives de Naëlle – hormis peut-être le Monsieur Charon édenté que Noy avait rencontré dans son rêve.

Mais un rêve est un rêve, Naëlle ! La représentation symbolique des angoisses stockées dans notre subconscient ! Et rien de plus !

S'il arrivait à le lui faire comprendre, peut-être alors pourraient-ils enfin avoir une conversation sincère sur le devenir de leur couple. Peut-être enfin accepterait-elle de réaliser que les peurs perdent toutes leurs forces lorsqu'on les partage avec honnêteté à celui qu'on aime.
Noy lui envoya un rapide texto, neutre, sans agression. Il se contenta de l'informer qu'il ne la contacterait pas pendant quelques jours et qu'elle n'avait pas à s'en inquiéter. Simple et exhaustif, mais suffisant, selon lui, pour la rassurer et lui faire comprendre qu'il était enfin prêt à arrêter le ridicule ping-pong verbal qu'il avait lui-même initié, au profit d'une attitude plus mature et réfléchie. Il alla ensuite chercher la carte de visite de son *charmant* guide local et composa son nu-

méro – non sans une pointe d'appréhension à la perspective de retrouver la voix du sinistre personnage qui l'avait hanté en rêve.
— Monsieur Gurguy ?!
— C'est bien moi, Monsieur Charon. Quel plaisir de vous entendre si enthousiaste…

Il se reprit aussitôt. Le sarcasme n'était certainement pas la meilleure façon de rétablir une relation plus cordiale entre eux.
— Comme nous l'avions convenu, je vous appelle, car je compte me rendre au village demain. Serez-vous disponible pour me partager enfin votre précieux savoir sur votre belle région ?
— Je suis surpris de votre appel, Monsieur Gurguy…
— Je… Vous m'aviez pourtant dit de vous appeler si…
— L'Œil ne vous a probablement pas encore vu…

Le bruit furtif d'un battement d'ailes détourna un bref instant l'attention de Noy.
— Pardon… Vous disiez ?
— Rien, Monsieur Gurguy. Une simple réflexion personnelle.

Noy commençait à se dire que le vieux bougre approchait peut-être de l'âge où la sénilité s'invite à vos côtés pour ne plus vous quitter jusqu'à la fin du Voyage.
— Soit… Et donc… Pour demain ?
— Demain est un autre jour, Monsieur Gurguy… Demain est un autre jour…

L'intrigante conversation prit fin sur cet énigmatique dicton. Noy raccrocha sans y accorder plus d'importance, enjaillé par son initiative et la perspective naissante de remettre de l'ordre dans sa relation conjugale.

***

Le *charmant* Monsieur Charon invita Naëlle à s'asseoir sur le divan vert de la cheminée. Sans le savoir, elle venait de prendre place sur la couche d'infortune qui avait recueilli le sommeil de son mari durant ses deux premiers jours au Domaine. Alors que ses yeux, débarrassés de leur camouflage solaire, commençaient à se gonfler de larmes, l'homme, en parfait majordome, lui ramena un verre d'eau.
— Merci… Je suis désolée… Ce n'est vraiment pas mon genre de chialer comme une gosse… Et encore moins devant un inconnu. Je dors mal depuis un bon moment. Beaucoup de cauchemars. Je suis épuisée, je crois…
— Vous êtes toujours inquiète, n'est-ce pas ?
— Oui… Je lui ai encore laissé un message ce matin avant de partir. Pour lui dire qu'on le rejoignait… Et il n'est pas là ! Ça ne lui ressemble pas, vous comprenez ?
Naëlle déglutit bruyamment pour retenir un lourd sanglot, puis avala une grande gorgée d'eau qui lui

permit de reprendre un peu ses esprits.
— Il n'a peut-être tout simplement pas encore écouté son répondeur, vous ne croyez pas ?
— Peut-être… Vous savez, nous ne sommes pas vraiment en bons termes, lui et moi, depuis quelques mois.
— J'ai en effet cru comprendre, Madame Gurguy.
— Je me doute… Mais, il y a la petite. Yoann est gaga de sa fille. Jamais il ne s'est absenté sans l'avoir au moins une fois par jour au téléphone, même dans ses longs déplacements d'affaire !

Naëlle tremblait. Elle tentait par tous les moyens de contenir ses larmes, mais l'angoisse qui l'envahissait agitait tous ses membres.

— Monsieur Charon… Dites-moi que vous l'avez eu en ligne aujourd'hui ?! Vous a-t-il dit où il allait ? Que fait-il donc tous les jours depuis qu'il est ici ? Vous paraissait-il déprimé ?… Je suis désolée de vous ennuyer avec toutes ces questions, mais je suis morte d'inquiétude !
— Reprenez votre souffle, Madame Gurguy. Je veux bien vous aider à y voir plus clair, mais vous devez d'abord vous calmer.
— Pardon…

Elle prit une profonde inspiration et but à nouveau. Ses nerfs avaient été mis à rude épreuve ces derniers mois, et elle sentait que ses limites avaient été atteintes.

— Madame Gurguy … Votre réaction est compréhen-

sible, mais quelque peu disproportionnée, si je puis me permettre. Vous m'avez dit ce matin que son dernier message vous informait qu'il ne serait pas joignable pendant quelques jours, non ? Dans un contexte de crise tel que le vôtre, cela ne me parait pas alarmant. Il sait sa fille en sécurité avec sa mère, après tout. Et vous m'avez dit être vous-même à l'initiative de votre séparation. Ne pensez-vous pas qu'au contraire, sa réaction est parfaitement logique ?
— Une pause… J'avais juste parlé de faire une pause… Pour qu'on puisse réfléchir à notre avenir…
— Eh bien, vous devriez être satisfaite, c'est ce qu'il semble faire. Quels ont été vos derniers échanges, avant son texto ?

Naëlle sentit alors ses joues s'empourprer de honte. Elle courba la tête, fuyant par tous les moyens le regard un peu rustre de l'agent confesseur.

— Je… J'ai craqué… Je lui ai dit des horreurs, des reproches complètements ridicules, que je pensais même pas… Oh ! Comme je regrette… J'ai été conne ! Conne sur toute la ligne ! Je sais pas ce qui va pas chez moi, cette année. Je me reconnais plus !

Elle s'effondra en larmes, et à nouveau, l'antique divan vert du salon recueillit les salines gouttelettes déversées par le couple.

— Ne soyez pas trop dur avec vous-même. Vous semblez être quelqu'un d'ouvert, à l'écoute. En revanche, si je puis me permettre, votre mari me parait être

plus rigide… Monsieur Gurguy a beaucoup de fierté, n'est-ce pas ?
— Oh ça oui… Fier et têtu… Mais ce n'est qu'une carapace. Il a toujours été très attentionné dans l'intimité avec nous… Du moins jusqu'à cette idée de maison d'hôtes. Il est alors devenu obnubilé par ce projet… Et moi aussi en quelque sorte, mais pour d'autres raisons…
— Eh bien ne vous en faites donc pas davantage ! Il est probablement un peu vexé de s'être pris quelques vérités trop piquantes, c'est tout. Quant à votre désaccord sur notre Domaine, vous avez simplement manqué d'un peu de communication concernant vos engagements. Sans doute avez-vous alors transféré vos angoisses sur ce lieu en le rendant ainsi responsable de tous vos conflits matrimoniaux, qu'en pensez-vous ?

Naëlle commença à s'apaiser. Le vieil homme ne dégageait pas vraiment une forte aura de chaleur humaine, il pouvait même apparaître cinglant et acariâtre, mais ses arguments ne manquaient pas de sens. Elle réalisait que ses inquiétudes envers Noy pouvaient être en réalité celles qu'elle nourrissait vis-à-vis d'elle-même.

Avant cette année, elle n'avait jamais porté de crédibilité à tout ce qui avait trait au surnaturel. Elle ne croyait pas en la voyance, ni à toute autre forme de don parapsychique. Elle n'était même pas superstitieuse

! Lorsque ses cauchemars ont commencé, elle avait donc bien évidemment conclu d'elle-même que tout cela ne devait être qu'une conséquence liée au stress et à l'appréhension. Mais les rêves devinrent de plus en plus récurrents et intenses. Ils commencèrent à l'envahir alors qu'elle était parfaitement éveillée. Il y eut d'abord les hallucinations auditives : ces battements d'ailes qu'elle entendait de plus en plus fréquemment, quand elle lisait un livre avant de s'endormir, quand elle était à son travail, malgré le bruit des moteurs… Puis se fut le tour des visions… Des ombres principalement, jamais très distinctes, et toujours accompagnées d'un souffle glacé qui s'amusait à caresser tout son corps… Elle commença à se croire observée… Observée de l'intérieur… Les spectres semblaient lire son âme. Elle ressentait leur salive couler en elle, à mesure qu'ils prenaient connaissance de l'appétant menu proposé au repas.

Bien évidemment, elle s'était bien gardée de faire part de tout cela à Noy. Il l'aurait immédiatement conduit aux urgences psychiatriques dès ses premières confidences. Mais peut-être aurait-il eu raison de le faire… Ce que venait de lui suggérer l'agent immobilier était en effet très juste. Naëlle n'avait pas connu de sommeil réparateur depuis trop longtemps. Or, insomnies, angoisses et paranoïa n'étaient-ils pas les symptômes d'une bonne grosse dépression nerveuse ? Tout ceci avait du sens, et quelque chose de rassurant, malgré le constat peu séduisant du diagnostic sur sa santé mentale. Si toutes ses angoisses n'étaient que le fruit de son imagination malade, non seulement Noy ne courait aucun danger, mais il y avait encore de l'espoir pour leur couple.

Plongée dans ses réflexions, elle se rendit compte qu'elle était restée silencieuse un long moment. L'agent n'en paraissait pas offusqué et se contentait patiemment d'attendre la conclusion de sa courte introspection.

— Pardon encore, Monsieur Charon… Votre opinion est sensée et vous avez certainement raison. Mes cauchemars ont commencé dès que nous avons pris cette décision de changement dans nos vies. Je suppose que je n'ai pas voulu m'avouer que j'avais très peur de l'avenir… Mais notre fille s'est mise également à faire d'étranges rêves sur cette maison. Presque les mêmes que les miens… Et ça, voyez-vous, ça me fait perdre tout bon sens…

— Les enfants ressentent les angoisses de leurs parents, vous savez. Rien d'étonnant que votre fille ait été affectée par la situation. Maintenant que vous êtes ici, trouvez-vous réellement que notre Domaine puisse abriter une quelconque menace ?

Naëlle s'attarda sur les rires chaleureux de Maelys qu'elle entendait au loin. La petite semblait déjà avoir adopté la maison des « n'oizos » et ses terreurs nocturnes n'étaient clairement plus à l'ordre du jour dans

ses préoccupations de fillette. La pièce, que Naëlle n'avait jusque-là pas encore pris le temps d'observer, baignait dans la vive lumière du soleil estival. Les murs de pierres noires auraient pu lui prêter des allures bien funestes mais le lieu était au contraire chaleureux et accueillant.
Cependant, l'éphémère quiétude cessa aussitôt que son attention fut portée vers la vieille cheminée ornée de statuettes. Les deux piafs de pierre avaient leur tête tournée dans sa direction. Malgré leur condition de vulgaires petits passereaux frêles et bucoliques en granit, elle ressentit leur convoitise lui picorer vicieusement les tripes, s'introduisant en elle par le jeu de leurs regards pourtant figés dans la roche. Le froid de leurs corps de pierre entama alors sa dévorante prolifération dans toutes ses entrailles.
— Je... Je ne devrais pas en avoir peur, n'est-ce pas ? C'est juste dans ma tête tout ça ?! Mais... Les oiseaux... Ils... Leurs yeux... L'Œil... L'Œil...

Elle fut à nouveau prise d'un vertige, plus violent cette fois, qui eut le mérite de mettre un terme à l'improbable séance d'hypnose. Elle prit quelques secondes pour récupérer puis s'adressa à son hôte, plus assurée qu'elle ne l'avait été jusque-là.
— Ce Domaine a un passé, Monsieur Charon... Un lourd passé... J'en suis convaincue, et je suis également certaine que vous en avez plus à m'apprendre sur ce lieu.

L'agent poussa un profond et lent soupir. Il se leva de son fauteuil, contemplant à son tour les deux volatiles avec admiration. Sans les quitter du regard, il invita la jeune femme à se lever d'un simple geste.
— En effet… Vous êtes surprenante, Madame Gurguy. Vous réquisitionnez ma position d'éclaireur sur l'Histoire de ce monument, et sachez que j'apprécie cela. J'aime honorer ma fonction. Je ne suis qu'un guide, vous savez… Je n'ai pas plus d'importance que cela.

À nouveau chatouillée par l'effroi, et malgré l'oppressante tension initiée par les deux créatures cristallisées, Naëlle se sentit enfin prête à faire face aux réponses sur les véritables questions qu'elle se posait.
— Permettez-moi alors de vous faire visiter notre précieux sanctuaire, Madame Gurguy. Avez-vous déjà entendu parler des maisons-mésanges ?

***

Si, ce matin-là, Yoann s'était réveillé en forme et dans un état d'esprit positif, il commença rapidement à ressentir les effets de sa courte nuit dans l'après-midi. Le message agressif laissé par Naëlle la veille y était sans doute pour quelque chose – difficile de mettre aux oubliettes les mois de colère et de rancœur en un simple claquement de doigts quand votre bien-aimée décide à son tour de péter sa petite crise hystérique

— *Les offrandes de la mésange noire* —

– mais il n'y avait pas que ça. Habituellement, Noy n'avait besoin que de quelques heures de sommeil pour recharger ses batteries. Cette fois, à mesure que les heures défilaient, les murs, pourtant agréablement frais malgré la chaleur étouffante de la saison caniculaire, semblaient insidieusement aspirer toute son énergie.
Sans plus se poser de questions, il s'empressa de retrouver son précieux nid de coton vert, persistant à bouder la chambre pour s'éviter la désagréable sensation de se retrouver seul dans un grand lit nuptial. Aussitôt installé, Morphée se présenta à lui, lestant ses paupières pour tenter de les soumettre à son puissant sortilège. Yoann tenta pourtant d'y résister car, sans qu'il ne puisse en déterminer la raison, il fut pris d'un incommensurable souffle de panique.
Il était peut-être encore temps… Temps de prendre ses affaires, foncer dans sa voiture et quitter l'endroit à toute vitesse pour ne plus jamais y retourner.

Mais pourquoi ?

Sa raison était encore parfaitement éveillée et prit rapidement le lead du débat intérieur à demi-inconscient qui s'instaura.

' Quelque chose ne va pas… Je ne sais pas quoi, mais quelque chose ne tourne pas rond… '

' *Les élucubrations de Naëlle t'ont monté à la tête on dirait...* '
' *Mais peut-être... Peut-être qu'elle a raison ?* '
' *Raison sur quoi exactement ? Qu'est-ce qu'il y a eu d'étrange dans cette maison jusque-là ? La lumière du soleil qui illumine la pièce ? L'incroyable jardin fleuri parfaitement entretenu ? Le bruit des cigales ? Le chant des oiseaux ?* '
' *Non... Rien... Sauf, peut-être... Les oiseaux... L'oiseau ? l'oi...* '
'*RIEN !*'

Monsieur Lucide remporta la bataille, chassant aisément l'incohérent petit-frère *Irrationnel*. Alors que Noy fermait les yeux pour glisser dans l'inconscience, contorsionné sur le divan, devant les deux statuettes de pierre de la cheminée, il eut furtivement le temps d'apercevoir que quelque chose avait changé chez ces dernières. Elles ne se faisaient plus face, comme elles l'avaient été jusque-là. L'une d'elle avait la tête tournée vers lui, et le regard de l'innocent volatile en granit semblait désormais fixer avec avidité sa future proie.

Une heure plus tard, il fut brutalement tiré de son sommeil par un battement d'ailes effleurant son visage.. S'il sursauta jusqu'à chuter du canapé, il avait cependant tout oublié des quelques secondes inquiétantes qui avaient précédé sa sieste, et ne fut pas davantage effrayé. En revanche, il n'appréciait clairement pas la rudesse de ce réveil impromptu et se préoccupa aussitôt d'identifier le coupable de cet affront.

— Qu'… T'es toujours là toi ? Foutu piaf !

La petite mésange, qui l'avait tant amusé la veille par sa façon de convoiter quelques miettes de pain, n'avait de toute évidence pas renoncé à quitter les lieux pendant la nuit. Si le piaf avait su se faire oublier, il semblait désormais enclin à taquiner de nouveau son hôte. L'oiseau virevoltait autour de lui à toute vitesse, évitant avec adresse les mouvements de chasse de son adversaire tout en jouant avec sa chevelure. Enfin, il se posa fièrement sur l'une des statuettes de la cheminée, comme s'il prenait place sur un trophée reçu en récompense de sa victorieuse valse. Yoann fut un bref instant déstabilisé par ce curieux tableau, mais il éluda vite le malaise au profit de sa mauvaise humeur.

— Tu commences sérieusement à me les briser, le n'oizo… T'es bien mignon, mais c'est pas un refuge ici…

Il s'avança vers l'animal pour le chasser quand le volatile lança dans sa direction le petit gravier qu'il tenait dans son bec, sans doute celui de la veille qu'il avait étonnement conservé tout ce temps.

— Ah, tu me fais encore un cadeau ? Tu veux encore du pain, c'est ça ? Ben, va le bouffer dehors, ton pain !

Excédé, Yoann se saisit du premier objet qui lui vint

en main et l'envoya de toutes ses forces en direction de l'animal. L'oiseau s'envola aussitôt, évitant l'arme de justesse, et disparut enfin par la fenêtre de la cuisine, piaillant avec arrogance sa satisfaction. Noy réalisa alors qu'il venait de foutre en l'air son précieux smartphone, désormais réduit en miettes par la tablette de la cheminée.

— Putain de MERDE !! Tu vois ce que tu m'as fait faire ?!

À genoux devant le cadavre de son unique moyen de communication vers l'extérieur, Noy continua de lâcher quelques indélicatesses verbales destinées à son ex-colocataire à plumes. Il nettoyait encore les dégâts de leur épique confrontation quand il remarqua un autre petit caillou au sol.

Puis un autre… Et encore un autre…

— T'as des TOC, le piaf !! Tu devrais consulter, le n'oizo ! Ou te prendre une balle perdue par un chasseur. Tu l'aurais pas volé celle-là !

Au total, une bonne vingtaine de gravillons avaient été semés dans la pièce, pendant sa courte sieste. Et leur disposition ne semblait pas si hasardeuse. La piste était rapide à remonter, elle conduisait jusqu'au pas de la porte qui menait au sous-sol. Cette dernière était entrouverte, ce qui n'était pourtant pas le cas quelques heures auparavant – du moins dans ses souvenirs.

— Tu t'es pris pour le petit Poucet ou quoi ?!

Yoann avait beau être encore sur les nerfs, un fris-

— *Les offrandes de la mésange noire* —

son de mal-être parcourut le long sillon de sa colonne vertébrale. Il était certain de ne pas être retourné dans l'immense cave depuis la visite guidée du premier jour. Si l'endroit l'avait subjugué par son atmosphère propice à bon nombre de fantasmes, il n'avait strictement rien à y faire, hormis éventuellement le plaisir contemplatif d'y projeter les réaménagements potentiels.

Il se rapprocha donc avec méfiance, balayant du pied les petits gravillons de son chemin, pour ouvrir lentement la porte, le plus silencieusement possible. Pour la seconde fois, il eut une résurgence de son rêve et s'imagina furtivement trouver son agent préféré en bas des escaliers, prêt à lui bondir dessus pour lui croquer un bout de chair avec ses vieilles dents pourries. Sans lumière, on ne distinguait pas plus que les premières marches, mais aucun fantôme ne jaillit des ténèbres pour alimenter ses impressions loufoques.

— Y'a quelqu'un ?

Seul l'écho grave et humide de sa voix lui répondit. Yoann expira un long soupir de soulagement, ponctué d'un soupçon de honte. Il s'apprêtait à refermer la porte quand il entendit des bruissements d'ailes émaner du sous-sol.

Un nid ?

Voilà qui pouvait expliquer le comportement incongru de l'autre « *empiafé* » de volatile ! Si sa petite famille avait construit son nid dans la cave, sans doute cherchait-il simplement à retourner auprès d'elle. La porte avait probablement été longtemps laissée ouverte pendant les travaux, et l'arrivée de Yoann en avait condamné l'accès. Comment avait-il réussi à la rouvrir ? C'était anecdotique... Après-tout, Yoann avait été tant absorbé dans ses réflexions existentielles ces deux derniers jours. Peut-être avait-il machinalement joué avec la poignée, comme on gribouille sur une feuille sans s'en rendre compte lors d'une conversation téléphonique intense...

Tout en tâtonnant machinalement le mur à la recherche de l'interrupteur, Noy entama sa descente pour en avoir le cœur net. Il était encore plongé dans le noir lorsque son pied dérapa sur l'amas de petites pierres rondes déposé sur la quatrième marche. Le jeune homme tenta de retrouver son équilibre, mais il glissa de nouveau sur d'autres cailloux et ne put éviter la vertigineuse chute.

Le rude escalier de granit ne l'épargna pas. À chaque contact, la rocaille violenta son corps de toute part, striant sa peau de profondes marques qui perlèrent aussitôt de sang. Au troisième rebond, sa cheville prit un angle douteux qui lui fit éructer un strident cri de douleur viscérale. Enfin, l'ultime rebond avant l'atterrissage final s'accompagna d'un inquiétant craquement d'os.

— *Les offrandes de la mésange noire* —

Il était arrivé à destination.
Sur le dos, parfaitement immobile, il renvoyait l'image d'une tortue renversée, pitoyablement résignée à son sort. Enveloppé par l'obscurité, Noy assistait cependant à un feu d'artifices de taches blanches dans son champ de vision. Il n'avait pas perdu conscience pendant la chute, mais cette dernière avait suffisamment secoué son cerveau pour le mettre hors-service pendant quelques longues minutes. Quand il retrouva enfin ses esprits, il put alors dresser un rapide constat.
Il était vivant – sacrément chouette nouvelle ! – et conscient. Quant à l'accident, l'anecdote prêtait presque à la moquerie.

' Le futur entrepreneur touristique d'un petit village victime d'une tentative de meurtre commanditée par un dangereux moineau névrotique. Le coupable est toujours en fuite.'

Il valait mieux en rire, après tout…
Noy essaya de se relever… mais rien ne bougea.

Allô ? Mes jambes ?? Faut s'activer maintenant !!

Mais elles persistèrent à ignorer les ordres de leur patron.
Noy commença alors à réaliser la gravité de la situation. Il espéra un court instant être simplement en état de choc, mais il savait pertinemment que si cela

avait été le cas, il ressentirait tout de même quelques douleurs. Ne serait-ce qu'une petite sensation de courbatures ! Même sa cheville, qui l'avait fait hurler durant la chute, avait stoppé toute émission de signaux de détresse.

C'est pas possible… Nonononon !!

Envahi de panique, il commanda à son cerveau de faire bouger ses doigts. La conclusion fut la même :

' Le membre que vous sollicitez n'est plus disponible pour le moment… '

Seule sa tête semblait avoir échappé au cruel sortilège de l'escalier briseur de moelle.
Noy accusa le coup. La communication entre les faits et la zone de son cerveau consacrée à l'analyse de ces faits cessa momentanément de fonctionner. Les mots défilaient devant lui sans qu'il n'en réalise leur sens. Il se mit à les murmurer sans s'en rendre compte, composant progressivement une sorte de comptine sans queue ni tête qu'il se mit à chantonner.

J'ai cassé le téléphone,
Quand j'ai fais dodo…
Le piaf des cailloux s'envole.
J'ai brisé mon dos…

*Je suis tombé au sous-sol.
J'veux aller en haut...
En bas, y'a l'Œil qui m'espionne,
Avec ses n'oizos...
Lalalalalala... J'ai perdu mon dos...
Lalalala...*

La parenthèse au pays des Doux-Dingues s'estompa peu à peu, et son chant enfantin chavira, englouti par le tempétueux retour sur les terres du réel.
— J'ai cassé mon dos... Paralysé, putain !!! À cause d'un piaf !!
Il éclata en sanglots. La panique le submergeait désormais. Il peinait à reprendre sa respiration, ne pouvant plus se positionner correctement pour évacuer ses sécrétions sans s'étouffer. Il lui fallait de toute urgence retrouver ses esprits ! Noy lâcha finalement un long cri salvateur avant de reprendre progressivement son souffle. Calmé, il put enfin se focaliser rationnellement sur sa situation. Un escalier piégé par une saloperie de n'oizo l'avait rendu tétraplégique, et en cet instant, pleurer sur l'avenir qui l'attendait à moyen terme ne changerait pas grand-chose à son sort. En revanche, la dramaturgie de son incident ne se cantonnait pas qu'à ce tragique diagnostic.
Combien de jours allaient-ils s'écouler avant qu'enfin quelqu'un ne lui vienne en aide ? Il pouvait bien bêler des « au-secours » à toute berzingue, il n'avait vu per-

sonne se balader dans les environs du Domaine depuis son arrivée. Il valait donc mieux ne pas compter sur un heureux coup du destin, vu ce que ce dernier lui avait réservé ces derniers temps. Quant à Naëlle, elle ne s'inquiéterait probablement pas de tomber sur son répondeur puisque Noy avait eu la bonne idée de lui demander quelques jours de tranquillité.
Son Salut ne dépendait donc que de son *meilleur pote* de la région : le *charmant* Monsieur Charon. Avec un poil de chance, l'agent s'interrogerait de ne pas avoir reçu la visite de son locataire au village dès le lendemain et il passerait alors lui rendre une petite visite. En comptant large, l'infirme devait donc s'attendre à rester ainsi pendant un jour, maximum deux. Force de ce constat, il devait à tout prix économiser ses forces. Si la faim lui semblait gérable, la déshydratation, en revanche, risquait d'arriver vite, surtout dans son état.

Tout est une question de mental, Noy !

Il devait en effet garder la tête froide, et ne plus se laisser submerger par ses émotions. Si le ténébreux souterrain était particulièrement propice à la prolifération d'angoisses délirantes, alors il pouvait focaliser son attention sur la lumière du soleil émanant de la porte. Il lui restait quelques heures avant que le crépuscule ne le prive de son rassurant halo, quelques heures pour préparer son esprit à la nuit froide qu'il

allait devoir affronter avec la vulnérabilité nouvelle d'un paralytique en état de choc.
Yoann n'en profita finalement que quelques instants, avant de perdre connaissance.

***

— … Les maisons-mésanges ? Qu'est-ce que c'est que ça ?
Si l'inquiétude de Naëlle ne la quittait pas, elle était cependant très curieuse de nature. Sans être bibliophile, elle lisait beaucoup et avait une prédilection pour les fictions historiques chargées d'annotations et de détails géo-culturels du passé. La demeure lui avait d'ailleurs initialement tapé dans l'œil pour cette raison : le charme *gothico-médiéval* classique de l'architecture sublimé par les fantaisistes chimères de ses atypiques ornements. Le parfait mélange entre le romanesque et l'Histoire. Elle n'avait cependant jamais lu quoique se soit évoquant l'existence de « maisons-mésanges » dans ses bouquins.
— Pas étonnant que vous n'en ayez jamais entendu parler. À ma connaissance, cette bâtisse est la seule à avoir traversé le temps sans avoir été transformée en ruine. Il en existe peut-être d'autres, peu sans doute, mais dépossédées des hauts-reliefs qui leur sont si spécifiques, elles ont certainement été confondues, à tort, avec les vestiges de vieilles chapelles gothiques.

— J'avais en effet pensé que c'en était une. Ou une vieille église qui aurait connu quelques restructurations au fil des siècles, pour finir recyclée en demeure de la Haute Bourgeoisie à la Renaissance par exemple…

L'agent fut agréablement surpris de l'intérêt porté par son interlocutrice sur le sujet. Il esquissa un sourire satisfait à son encontre, puis débuta sa visite guidée par les chambres situées à l'extrémité sud du Domaine.

— La confusion est tout à fait compréhensible, mais elle est erronée. Voyez toutes ces pièces, tous ces murs ? Si la demeure est médiévale, son réaménagement, en revanche, ne date que de ce siècle. Nous avons la chance d'avoir des ressources abondantes de pierre de Volvic dans notre région, et nous avons ainsi pu respecter la structure principale du monument en agençant avec soin l'intérieur pour rendre le tout habitable. Suivez-moi…

Ils arrivèrent dans la chambre « nuptiale », celle que le couple se serait probablement octroyé s'il avait su mettre les mésententes de côté pour partager ces quelques semaines en famille.

Naëlle jeta un œil par la fenêtre. Le jardin était incroyable… De longues haies de lauriers-cerises parfaitement taillées protégeaient les splendides parterres de jonquilles, lavandes, pensées et autres fleurs aux couleurs intenses. Quelques colonnes de granit serties de rosiers grimpants se dressaient au détour d'une allée... Au loin, le terrain se délimitait par l'orée d'une forêt peu dense, aux feuilles verdoyantes sublimées par le soleil.

À seulement quelques mètres, Maelys semblait bien loin de ses préoccupations des jours précédents. Elle arpentait les sentiers de graviers en chantonnant, parlant à quelques fleurs au passage, jouant avec les papillons. La vision de sa petite fille si badine et enjouée apaisa momentanément les palpitations constantes du cœur inquiet de sa mère. Elle avait tant envie d'oublier tout le reste, et rester ainsi, à contempler les joies et pérégrinations dérisoires d'une petite fille magnifiée par la pureté de la nature.

— ... et toutes les fenêtres avaient des vitraux, mais nous les avons bien évidemment retirés.

La mère de famille s'extirpa à regret de sa parenthèse enchantée pour parcourir du regard le reste de la pièce. Elle éprouva un léger soulagement lorsqu'elle remarqua la valise ouverte de Yoann, négligemment posée sur une des deux commodes en bois de hêtre de la pièce.

— Vous êtes rassurée, Madame Gurguy ? Votre mari ne s'est pas fait la malle... Sinon, pourquoi donc aurait-il laissé ses bagages ici ?

Certes, Monsieur Charon faisait encore une fois preuve de pertinence. Mais pourquoi ressentait-elle quelque chose d'anormal dans cette pièce ? Était-elle

à nouveau en proie à ses intuitions paranoïaques infondées qui l'empêchaient d'être rationnelle ?
— Continuez, s'il vous plaît…
Monsieur Charon reprit donc la visite en lui présentant les autres pièces.
— Vous savez, vous n'étiez pas complètement hors-sujet lorsque vous parliez de chapelle. A l'époque médiévale, les maisons-mésanges étaient en effet des sortes de… sanctuaires.
— Des sanctuaires ? Quelle différence avec des églises ?
— Des constructions similaires ont été érigées aux abords des villages les plus excentrés du château seigneurial. Je suppose que vous savez quelle importance avait la religion à cette époque-là…
— Bien sûr…
— C'était également une époque peuplée de guerres territoriales. Et pour les villages trop éloignés de la salvatrice protection du château, les risques d'invasions de première ligne étaient élevés. Seuls les plus pauvres y habitaient donc. Et bien sûr, aucun homme d'Église n'avait le courage, ou, oserais-je dire, la foi d'accepter de vivre dans ces conditions. Ces villages étaient alors non seulement condamnés à la famine et à l'invasion ennemie, mais ils craignaient par-dessus tout être oubliés de Dieu. Pour apaiser les craintes de ces miséreux, le Seigneur Duchastel érigea alors ce qui fut appelé par la suite des maisons-mésanges. Vous

le savez certainement, les églises et cathédrales gothiques de l'époque trônaient au chœur des villages en exhibant leurs fascinantes et effrayantes gargouilles dans le but de maintenir les démons hors de leurs murs saints. À contrario, des sanctuaires tels que celui-ci furent érigés à l'écart des bourgades isolées dans l'intention d'y capturer les créatures maléfiques pour ainsi les tenir éloignées des villageois. Parées de leurs statuettes d'oiseaux bucoliques, symboles de pureté et d'innocence, tous espéraient ainsi duper le Diable et ses ouailles.

— Donc, cette baraque était censée agir comme une sorte d'aimant à « *Pazuzus* », si je comprends bien ? C'était rien de plus qu'une église abandonnée en fait...
— Elle n'abritait pas d'humains, en tout cas... Huhu ! Pardon... J'espère ne pas vous effrayer avec ces superstitions... Êtes-vous croyante, Mme Gurguy ?
— Non, athée. Et cartésienne. Tout comme mon mari. C'est d'ailleurs pour ça qu'il a plutôt mal réagi quand j'ai commencé à parler présages et pressentiments... Les histoires d'entités démoniaques, je n'y crois pas, et ce, même malgré mes récentes « intuitions » négatives... À vrai dire, je ne sais pas ce que je m'imaginais quand je vous ai demandé de me raconter l'histoire de ce lieu, mais je m'attendais à entendre un récit plus... sanglant. Un meurtre, ou quelque chose du genre... C'est idiot...

Ils étaient de retour au salon.

Naëlle resta un long moment silencieuse, contemplative et hébétée par sa propre consternation. Monsieur Charon avait été un guide exemplaire. La maison était lumineuse, bien entretenue, rien de mystique, rien qui ne paraisse effrayant ou qui ne puisse donner du grain à ses pressentiments. Si l'histoire qu'elle venait d'entendre comportait quelques évocations sataniques, Naëlle ne savait pas vraiment quoi en conclure. Le diable, les démons… Tout cela la laissait parfaitement insensible. Ces pierres n'avaient probablement abrité que du vent, de la poussière et quelques araignées pendant près de sept siècles…
Son Noy serait très certainement de retour dans la soirée, et si la tension des derniers mois les avaient éloignés, elle abandonnerait sans lutter ses contrariétés dans ses bras, s'excusant de sa naïveté et de ses élucubrations insensées.

S'il revient…

Pourquoi continuait-elle d'avoir si peur ?

…
Le lit !
Le putain de lit !!
…

Enfin, elle comprit ce qui l'avait dérangé dans la

chambre nuptiale. Le lit était parfaitement fait. Couvertures, dessus de lit, petits coussins d'appoints... Tout était minutieusement soigné. Elle avait constaté cela dans toutes les autres chambres. Noy n'avait de toute évidence jamais dormi dans aucune d'entre elles...
Alors où avait-il pu dormir pendant presque dix jours ? Pourquoi aurait-il découché du Domaine sans prendre au moins avec lui sa valise ?
Le sentiment d'urgence refit aussitôt surface. Elle s'évertuait à garder la tête froide, mais elle ne cessait de balayer la pièce du regard, quêtant un indice, une explication logique face au *merdier* qui lui venait en tête. Un instant, son attention s'arrêta sur le beau canapé vert, devant la cheminée. Incompréhensiblement, elle crut sentir alors le parfum de son homme. Mais l'éphémère sensation se dissipa aussitôt qu'elle porta son regard sur les statuettes des deux oiseaux de la cheminée. Les bestioles de pierre tournaient désormais leurs têtes dans une autre direction.

Étaient-elles ainsi quand je suis arrivée ?

Naëlle ne s'en souvenait plus. Instinctivement, elle regarda vers ce qui semblait être à l'origine de leur attention, et fit alors face à la porte avoisinant la cuisine.
— Et cette porte ? Elle mène où ?
— La porte de la cave ? Le sous-sol est complètement

vide…

— Je voudrais y jeter un œil, si vous voulez bien. Je veux TOUT voir de ce lieu, Monsieur Charon… Et je veux TOUT savoir, Monsieur Charon. Suis-je bien claire ?

Elle adoptait désormais un ton ferme, décidé, vindicative. L'épouse savait que son mari n'avait jamais quitté ce lieu. Elle en était persuadée. Et elle savait également que ces murs avaient encore quelques petites choses à lui dévoiler.

— Votre soif de connaissance vous sauve, Madame Gurguy… Sans nul doute… Suivez-moi, je vais vous montrer à quoi servait le sous-sol…

***

Lorsqu'il reprit conscience, Yoann poussa aussitôt un strident hurlement de panique.

Aveugle !!
Je vois plus rien ! Je suis aveugle ! Paralysé et aveugle !!

Quelques longues secondes s'écoulèrent avant que ses yeux ne distinguent enfin la faible lueur prussienne projetée par la lune à travers l'embrasure de la porte. Il avait perdu connaissance un long moment et la nuit était tombée.

*Ok… Tout va bien… Calmos, Noy.
N'oublie pas, tu dois économiser ton énergie.
Dans quelques heures, le jour se lèvera et…*

Instinctivement, son cerveau interpella son bras dans l'intention de consulter sa montre. Bien évidemment, le membre persista effrontément à ignorer les ordres.

Donc… Ça va être ça maintenant ma vie… Une succession d'activités cérébrales infécondes ? On dirait mon compte Twitter… 0 abonné, 0 like… Et pourtant, je continue de poster des trucs à la con dessus…

Il lâcha un rire nerveux et désabusé, dont l'écho fuyant alla s'étouffer dans les tréfonds interminables du souterrain. Son éclat déclencha un vif élancement en dessous de son crâne. La douleur avait un côté rassurant – il ressentait enfin quelque-chose – mais elle confrontait le reste de son corps à l'angoissante sensation d'absence, de disparition. Il avait l'impression de n'être plus qu'une tête seule posée sur un sol froid et humide.

… Parait qu'une tête décapitée continue de voir et de penser quelques minutes encore après la sentence fatale…

Peut-être alors avait-il perdu la tête – au sens littéral – durant sa chute ? Peut-être même avait-il été lapidé durant l'accident de voiture qui l'avait confronté pour la première fois à son bourreau à plumes, et que tout ce qui lui était arrivé depuis n'était que le fruit de son imagination agonisante ? Après tout, il avait passé ces deux derniers jours complètement déconnecté du temps, à ressasser indéfiniment sa vie passée. N'était-ce pas ce que l'on était censé percevoir à l'aube de mettre un pied sur le territoire de la grande Faucheuse ?

Bien évidemment, ce n'était pas son cas. Noy le savait très bien, et paradoxalement, il le regrettait. La mort était appétissante face au relent nauséabond qui émanait du frugal repas de sa nouvelle condition. Trouver un moyen de sauver son couple sans trop égratigner son propre ego était devenu le cadet de ses soucis. L'avenir réservait à sa dignité des préoccupations bien plus sordides et dégradantes. Toute la question porterait désormais sur le fait qu'il puisse accepter ou non de passer le reste de sa vie avec une femme dont la principale occupation serait de lui torcher les fesses entre deux cuillerées de purée. Il connaissait suffisamment bien Naëlle pour s'imaginer ce qu'elle lui rétorquerait en cet instant précis.

' Noy ! Être handicapé n'a rien de honteux ! On chie tous, on pisse tous et on a d'ailleurs tous connu les couches-culottes au début de notre existence ! Je t'interdis d'insulter

des milliers de gens sous prétexte que Môssieur considère qu'être un homme se résume à marcher, manger, s'essuyer le cul et dresser la queue sur commande ! '

Naëlle ne lui parlerait jamais avec autant de vulgarité, mais la colère de Noy était telle qu'il avait grand peine à adoucir la forme du discours. Le fond était de toute façon là. La bienséance lui ordonnait de remettre en question sa vision des choses, mais ses neurones étaient trop occupés à lancer des feux d'artifices dans tous les recoins de son cerveau pour prêter attention aux zones dédiées à la tolérance et l'acception.
La réalité était cruelle. Sa colère épousait son impuissance, et voilà que le curieux couple donnait naissance au désespoir. Yoann était fatigué, déprimé, à bout et si la douleur physique lui avait été épargné, la souffrance mentale était telle qu'il eut envie d'abandonner pour se laisser glisser dans le doux sillon de l'inconscience à tout jamais.

Ploc !

Une substance chaude et poisseuse lui dégoulina sur le visage, ovationnée par quelques piaillements et suivie d'un familier battement d'ailes à quelques mètres au-dessus de sa tête. Noy sortit aussitôt de sa torpeur suicidaire.

— *Les offrandes de la mésange noire* —

La famille n'oizos a donc bel et bien emménagé à la cave… Et elle vient de chier SUR MA GUEULE !!!??

Quoi de mieux qu'une blessure d'orgueil pour en chasser une autre ? L'affront reçu éveilla les sens encore valides de Noy. S'il existait une seule raison pour lui de rester en vie, il venait de la trouver. Le piaf insolent avait naguère su égayer l'humeur maussade de l'humain contrarié, mais l'oiseau avait depuis revêtu les plumes de celui qui avait fait basculer sa vie en Enfer. Jamais il n'accepterait de rendre l'âme avant d'avoir joui du truculent spectacle de son exécution. Il ne savait pas encore comment il s'y prendrait – peut-être paierait-il le charmant Monsieur Charon pour s'acquitter de la condamnation ? Vu le personnage, il se pourrait même qu'il accepte de s'en charger gratuitement. Qu'importe… Noy se refusait d'agoniser sous le bec d'un misérable corbeau atrophié, qui venait de surcroît de lui chier sur la tronche.

— Tu vas bouffer tes œufs sale piaf, tu entends ?! Je te ferai arracher tes plumes une à une avant de voir tes p'tites pattes se briser sous le doux son de tes jacassements de doul…

Noy reçut une nouvelle salve de déjections sur le visage. Cette fois, la semence atterrit sur la commissure de ses lèvres, et une petite quantité lui entra dans la bouche. Dans sa posture, l'encombrement de ses bronches en cas de fausse route était un risque majeur,

— Les offrandes de la mésange noire —

tout comme celui de s'étouffer dans son propre vomi – que de charmantes façons de mourir dans la dignité ! – et Noy n'eut donc pas d'autres choix que de déglutir avec précaution avant d'avaler l'immonde offrande. Inutile de tergiverser davantage sur la truculence de la chose, c'était dégoûtant. La substance accrochait à son palais et sa salive avait pris une texture pâteuse fort désagréable. Noy se conforta maladroitement en s'accrochant au fait qu'il venait au moins d'avaler quelque chose. Il ne connaissait bien évidemment pas la valeur énergétique d'une fiente d'oiseau, mais leur régime alimentaire n'étant composé que de graines, il pouvait au moins prétendre avoir reçu une collation bio et équilibrée.

En revanche, ce petit en-cas réveilla sa soif. Sa velléité vengeresse sadique et cruelle venait instantanément d'être balayée par l'ardent désir de s'hydrater. Sa gorge asséchée quémandait un peu de fraîcheur et le paquet mousseux qu'était devenue sa salive commençait à devenir problématique. Noy tenta en vain de distraire son obsession. Il trouva finalement un léger soulagement en contorsionnant son cou pour lécher la pierre humide et fraiche de la galerie et il resta ainsi de longues minutes, langue collée au sol, bavant et crachant son mucus acide jusqu'à ce qu'elle retrouve une consistance moins désagréable. Il ne pensait plus à rien, se contentant d'apprécier le maigre plaisir éprouvé à cet instant, sans plus accorder d'importance

à sa situation, ou à ses colocataires fallacieux.
Le silence régnait à nouveau dans ce qui s'apparentait de plus en plus à un tombeau pharaonique quand un bruit ténu et lointain l'interpella. Il tourna aussitôt la tête en direction de la porte, prêtant une oreille attentive. Le son ressemblait à des pas étouffés et lents. Noy n'arrivait pas à déterminer la distance de leur provenance, mais il était en tout cas évident que l'inconnu qui en était l'auteur se trouvait quelque part dans la maison.

Espoir, te revoilà !

Noy ne se posa pas davantage de questions.
— Hé !! Y'a quelqu'un ??? S'il vous plaît !! J'ai besoin d'aide !!
Dès qu'il eut prononcé ces mots, le bruit s'arrêta.
Il avait initialement nourri l'espoir qu'il puisse s'agir de Naëlle, venue le rejoindre dans la nuit pour assouvir le fantasme romantico-passionnel très cliché des amants déchirés qui se retrouvent enfin. Il était évident que cela ne pouvait pas être elle, surtout après le message qu'elle lui avait laissé dans la journée. Noy se rappela alors qu'il avait laissé la fenêtre de la cuisine ouverte.

… Pour permettre à ce fichu piaf de ne pas rester prisonnier… J'aurais mieux fait de lui foutre de la mort-aux-

rats dans son croûton de pain…

Il était désormais évident que l'intrus n'avait initialement pas d'intentions très nobles. Noy commençait à perdre à nouveau pied. Comment devait-il agir ? Le potentiel cambrioleur avait-il fui dès que Noy l'avait interpellé ? Il n'avait pourtant pas entendu de pas de courses. Mais de toute façon, que pouvait-il attendre d'un malfaiteur ? Qu'il appelle la police et les secours ?

' *Bonjour, je suis un honnête cambrioleur et je viens de trouver le malheureux locataire que je m'apprêtais à piller en bien mauvais état.* '

Ne serait-ce au contraire pas plus dangereux pour lui que l'imposteur le trouve ainsi, complètement démuni et sans aucun moyen de se défendre ? S'il lui prenait l'envie d'allumer la lumière pour détecter l'origine de ses appels à l'aide, il lui dévoilerait alors son visage. Il serait alors plus sage pour l'intrus de se débarrasser du témoin. Vu la situation de ce dernier, c'était quasiment une incitation au meurtre…
Les pas reprirent de nouveau.
Tant pis, il devait prendre le risque. Noy ne se voyait pas passer encore les prochaines heures à lécher de la pierre tout en ruminant des théories improbables sur son potentiel avenir, proche ou lointain.
— S'il vous plaît ! Qui que vous soyez, je ne vous cau-

serai aucun tort ! J'ai eu un accident, je suis complètement inoffensif, paralysé, au sous-sol ! Tout ce que je vous demande, c'est d'appeler les secours. Faites-le anonymement, vous ne risquerez rien… Vous n'avez qu'à utiliser mon porta…

Putain !! Mais oui, vous n'avez qu'à utiliser le portable en miette répandu sur le sol devant la cheminée ! Quelle bonne idée !! Ou utilisez donc votre propre portable ! Soyez assurés qu'on ne cherchera pas à identifier l'origine de l'appel pour vous demander le motif de votre présence , voyons…

La frustration de Noy était grandissante, Ce nouvel épisode rendait l'intrigue de cette série Netflix complètement ubuesque.

— Pitié ! Prenez tout ce que vous voulez ! Je veux simplement vivre vous comprenez ?! Je ne porterai jamais plainte !!

Les pas n'avaient pas cessé cette fois. Bien au contraire, ils semblaient désormais se rapprocher. S'il éprouva tout d'abord un soulagement, ce dernier fut rapidement métamorphosé en panique lorsqu'il réalisa que ces pas ne provenaient pas de l'étage, mais bel et bien du sous-sol.

Lents, tantôt légers, tantôt lourds, chacun d'eux répandait son écho aux quatre recoins de l'immense et ténébreuse cave. Noy plongea son regard dans ce

néant nébuleux. Il sentait l'artère de son cou battre de plus en plus fort, de plus en plus vite, seul indicateur fiable des palpitations alertes de son cœur.
— Qui est là ? S'il… S'il vous plaît… Qui est là ?
Les bruits s'intensifièrent. Ils devinrent multiples, comme si un troupeau entier s'élançait désormais sur lui. Lorsqu'ils semblèrent n'être plus qu'à quelques mètres de lui, Noy commença à vaciller. Il crut alors apercevoir deux points rougeâtres se mouvoir dans sa direction. Mais ses propres yeux lui jouaient des tours. Luttant contre l'irrésistible envie de se laisser glisser dans l'inconscience, sa vision s'entacha à nouveau de flashs blancs symptomatiques du malaise imminent.
Les bruits cessèrent brutalement.
Pendant de longues secondes, Noy continua de retenir son souffle, luttant encore contre l'irrépressible panique qui venait de s'emparer de lui. Alors qu'il commençait enfin à envisager que tout cela n'avait été qu'un épisode hallucinatoire dû à son état de santé, une pluie de pupilles rouges entremêlées de cris d'oiseaux assourdissants s'abattit sur l'infirme.
Noy poussa un dernier hurlement de terreur avant de perdre connaissance.

***

Dès les premières marches qui menaient au sous-sol, Naëlle fut assaillie par les inexplicables hallucinations qui l'avaient hanté durant tous ces mois. Les flashs étaient trop succincts pour être évocateurs. Ils s'enchaînaient indistinctement à une vitesse folle, jusqu'à lui provoquer la nausée. La jeune femme oscilla dangereusement sur elle-même. Ses innombrables visions perturbaient ses sens et la privaient de ses pleines facultés. Le salutaire M. Charon la rattrapa in extremis, alors qu'elle allait basculer.

— Faites attention à vous, Madame Gurguy ! Ces escaliers sont rudes. Une chute pourrait vous être fatale ! Nous devrions remonter, si vous ne vous sentez pas bien…

Naëlle secoua énergiquement la tête pour tenter de chasser les importunes chimères qui y valsaient frénétiquement. Elle ferma ensuite les yeux et resta ainsi de longues minutes, se concentrant sur sa respiration afin d'apaiser son esprit pour retrouver enfin la paix.

Est-ce que c'est ça qu'on appelle une crise d'angoisse ?

Les névroses ne pouvaient pas tout expliquer. Certes, elle était fragile et angoissée face à toute cette situation, ses interrogations, ses doutes et ses chagrins. Mais son mari avait disparu. Désormais, le doute n'était plus possible. Et ça, ce n'était pas une hallucination. Elle rouvrit les yeux, plus déterminée que jamais.

— Continuons M. Charon. Je dois connaître la vérité.

— *Les offrandes de la mésange noire* —

Je suis prête à y faire face.

Naëlle déclina la main tendue de l'agent et lui passa outrageusement devant sans même le remercier pour son attention. Elle n'avait plus aucune confiance en cet homme. Ses belles paroles pouvaient bien être logiques et raisonnables, elles ne décrivaient en rien le Noy qu'elle connaissait. Si elle doutait du mari qu'elle avait découvert sous un nouvel angle depuis leur conflit, elle savait en revanche quel père il était. Et ce père-là n'aurait jamais laissé Maelys si longtemps sans nouvelles.

Elle dévala à toute vitesse l'escalier, redoutant ce qu'elle risquait de trouver sous le sol de ce sanctuaire mystérieux. Lorsqu'elle découvrit l'immense galerie souterraine, elle mit provisoirement de côté les réserves qu'elle émettait envers son guide. Hypnotisée à son tour, comme l'avait été Noy avant elle, elle se laissa envelopper par l'interminable gouffre de pierres qui s'offrait à elle. Ce qu'elle ressentait alors était indéfinissable – c'était sans doute cela que l'on appelait la sidération. Les questions refirent cependant rapidement surface et Naëlle reprit aussitôt son enquête.

— Cet endroit est terrifiant… Mais à quoi pouvait donc bien servir une telle galerie dans un lieu soi-disant habité que par des « entités démoniaques » ?

— Si les mésanges de pierre servaient à attirer les démons, ils n'avaient cependant pas le pouvoir de les maintenir en cage. Les démons sont avides de vies, pas de cailloux.

— Je crains de comprendre où vous voulez en venir…

— Vous voyez ces anneaux de fer forgés au centre de chaque voûte ?

Naëlle regarda au plafond. Aussitôt, elle sentit des centaines d'yeux se poser sur elle. L'objet de leur convoitise semblait appétissant. Elle percevait leur désir, leur insatiable gloutonnerie devant le menu qui leur était proposé. Puis l'oppressante sensation disparut, et les pupilles noires et cupides reprirent leur forme initiale de simples maillons métalliques.

— Ils étaient pourvus de chaînes, que nous avons préféré retirer. Vous devinez leur usage ?

— C'était pour les… offrandes, n'est-ce pas ?

— Vous êtes perspicace. C'est exactement le mot que j'aurais choisi. Les villageois y attachaient généralement les prisonniers capturés lors d'une bataille, des ennemies de leur Seigneur ou les pillards qui tentaient de profiter de leur faible défense. Le sanctuaire était un peu devenu leur échafaud, leur guillotine, comprenez-vous ? C'était un moyen de remettre le sort des condamnés à la justice Divine…

Naëlle commença à entendre des cris résonner aux tréfonds de son esprit. Elle était en transe, percevant la douleur et les supplications agonisantes de ces êtres du passé condamnés à la damnation. Les oubliés du Saint Père étaient offerts aux démons. Le tintement de leurs chaînes agitées se mêlaient aux hurlements de leurs âmes sacrifiées. Hommes et femmes imploraient la Suprême rédemption.

— … Mais le village était si pauvre que les pêcheurs se faisaient rares. Alors, ils sacrifièrent les plus faibles, leurs infirmes, leurs malades…

Les pleurs déchirants d'un nourrisson se firent entendre. Naëlle fut au bord de l'évanouissement.

— Comment ont-ils pu… C'est… inhumain…

— Ne soyez pas si rude dans votre jugement. Que pouvaient-ils faire d'autre ? Ils luttaient pour leur propre survie, dans la misère, la famine et l'oppression ennemie. Abandonnés de Dieu, ils ne se sont pourtant jamais substitués à son Jugement. Les offrandes avaient leur chance. Leurs âmes pouvaient être épargnées s'ils s'en montraient dignes.

Naëlle revenait progressivement à elle. Les cris s'estompèrent pour laisser place au silence froid et grave du souterrain maudit.

— Je doute fort que quelqu'un ait pu s'échapper un jour de ces murs. Leurs chaînes les condamnaient à mort de toute façon. Ni la foi, ni la pierre ne nourrissent.

— Ces entraves n'existent que pour les esprits ignorants, Madame Gurguy. La nourriture de l'âme, la sagesse, est un miracle à portée de tous. Elle nous offre la liberté de choisir notre destinée.

— Le Diable n'aime pas les sots, c'est bien connu…

— Ne soyez pas si sarcastique. L'intelligence n'a rien

à voir là-dedans. L'ego rend parfois aveugle les plus illustres savants. Il suffit de savoir tendre l'oreille avec humilité pour enrichir votre champ des possibles. Lorsque vous avez connaissance des différents chemins, vous avez alors le plus précieux des trésors : vous avez le choix.

— Je suppose que je ne reverrai plus mon mari, n'est-ce pas ?

La voix de Naëlle trémulait d'émotion. Elle avait déchiffré l'énigme et Noy n'en faisait plus partie désormais. Le sinistre gardien eut la décence de ne pas répondre à sa question. Ils restèrent tous deux silencieux, célébrant intérieurement les funérailles du défunt époux.

— Maman ?! T'es où, maman ?

La voix de Maelys provenait du salon. La petite fille paraissait toute joyeuse et elle trépignait d'impatience.

— Ma puce ?! Tout va bien ?! Ne bouge pas ! C'est dangereux en bas ! Je viens te rejoindre !

— Mais manmaaaan ! Faut que je te montre ! Y'a un oiseau trop rigolo qui m'a offert une pierre !! C'est comme papa il m'a raconté ! La pierre de protection ! Hihi !

— Laisse la pierre, ma chérie ! Jette-la tout de suite et va m'attendre dans la voiture ! Je ne rigole pas, Maelys !

La petite fille bougonna, déçue, mais obéit sans répliquer davantage. La voix de sa mère chevrotait, et

— *Les offrandes de la mésange noire* —

l'enfant avait compris que ce n'était pas le moment de faire un caprice. Naëlle résistait bravement à l'hystérique panique qui l'envahissait, mais elle craignait de ne plus tenir très longtemps.

— Monsieur Charon… J'ai entendu… et j'ai fait mon choix. Alors, s'il vous plaît, laissez-nous partir. Ce n'est qu'une enfant !

— Mais je ne compte rien vous faire. Je ne suis rien de plus qu'un simple guide, un modeste gardien, vous savez. Votre sagesse vous a sauvé, Madame Gurguy. Chaque être est libre et seul maître du chemin qu'emprunte son Destin. S'il choisit d'avancer dans l'ignorance, sourd et aveugle, il ne foulera que la voie du néant. Un œil sans pupille ne peut voir où il marche…

***

Noy reçut l'honneur de revoir une dernière fois la lueur du jour alors que l'aube faisait son apparition dans l'embrasure de la porte. Un puissant bourdonnement encombrait ses tympans. Jamais plus il n'entendrait d'autres sons désormais.
Mais il n'en avait plus rien à faire.
Le sanctuaire avait rendu son jugement dans la nuit. Noy avait échoué à toutes ses opportunités de rédemption et il avait alors fait offrande de son âme.
La pièce baigna soudainement dans la lumière.

— *Les offrandes de la mésange noire* —

Est-ce enfin la fin du chemin ? Le Saint Halo avant le Grand Voyage ?

Rien de tout cela.
En haut des escaliers, Monsieur Charon venait simplement d'appuyer sur l'interrupteur. L'homme n'était ni surpris, ni réjouit par la cruelle destinée de son locataire. Il se contentait d'être spectateur immobile de la scène.
Noy se détourna bien vite de lui, sans même chercher à lui quémander une quelconque aide. Il préféra retourner à ses pensées silencieuses en portant un regard contemplatif sur les hautes volutes du plafond de la galerie. Juste au-dessus de lui, l'arc de cercle en pierre dépareillait de ses acolytes par l'absence de son anneau en fer forgé.
— *L'Œil sans pupille…* murmura-t-il.
Il sourit devant cette pensée furtive, avant de courber la tête pour s'intéresser à son corps invalide. Des centaines d'oiseaux se repaissaient du royal festin de ses propres entrailles, se disputant ses boyaux à coups de becs. S'il ne pouvait plus entendre leurs cris, il devinait aisément les piaillements qui accompagnaient leur bectée sanglante.
Yoann éclata d'un rire fou et hystérique. Ils pouvaient bien se régaler de son corps fantôme, il ne sentait plus aucune douleur de toute façon… Sa mort était certaine, mais elle serait lente et douce, sans souffrance.

— *Les offrandes de la mésange noire* —

L'un d'eux, qui s'acharnait à picorer ce qui devait être les restes de son intestin, délaissa son repas pour venir saluer effrontément sa proie hilare. Noy le reconnut aussitôt... Sa charmante petite mésange, si douce et inoffensive... Ce piaf aux généreuses offrandes...
— Satisfait de votre repas, mon ami ? Ou peut-être que vous êtes déçu qu'il ne soit pas accompagné de quelques cris de douleurs et de supplications à votre égard ! Désolé, le n'oizo. Je ne te donnerai pas cette ultime satisfaction.

Il rit de nouveau, persuadé d'avoir au moins remporté son ultime et égotique défi contre la bestiole démoniaque qui s'était tant amusée de lui. L'oiseau sautilla jusqu'à son visage et fixa de ses yeux rouges et voraces sa pitoyable et mortelle proie. Il fit claquer son puissant bec acéré, laissant échapper quelques gouttelettes de sang qui atterrirent sur la joue blême de son plat principal. Noy comprit alors qu'il ne remporterait aucune manche. Son dernier souffle connaîtrait le violent et cruel éclat de l'inévitable souffrance des derniers instants.

L'oiseau prit son élan et plongea son bec dans l'œil écarquillé par l'horreur et la sidération de Noy. Un liquide blanchâtre gicla alors que son cri retentissant de douleur et de résignation alla se perdre dans les tréfonds de l'Enfer.

Le gardien du sanctuaire avait contemplé la sen-

— *Les offrandes de la mésange noire* —

tence en silence. Il n'avait manifesté ni plaisir, ni pitié face à l'abject banquet pourpre.
Le Pacte avait été respecté. L'agent avait accompli la tâche dont il avait hérité et son village continuerait de connaître la prospérité.
Il n'était qu'un gardien, après tout. Et son rôle était noble : il était une clé de sortie pour les offrandes que l'Œil convoitait. Encore fallait-il que celles-ci acceptent d'entrevoir la serrure…
Il fit un signe de croix – l'unique dernier sacrement offert à Noy – puis éteignit la lumière pour abandonner la marchandise à son ultime agonie solitaire.

Paralysé par son orgueil, Noy avait préféré l'ignorance à la connaissance, le mutisme au dialogue. Sa clairvoyance était arrivée trop tard. La mésange ne lui voulait pas de mal. Elle lui avait donné une chance. Lui-seul était la cause de son funeste destin.
Noy se présenta pour le Grand Voyage exactement tel qu'il avait toujours été avec Naëlle et sa petite Maelys de son vivant : oiseux, sourd, aveugle, et, pour l'éternité, seul avec lui-même.

FIN

— *Là où personne ne l'entendait* —

**

L'automne avait progressivement escamoté les derniers touristes saisonniers loin de la côte. Ainsi, la nuit tombée, le petit bistrot n'accueillait guère plus que quelques habitués du vieux port, appréciant clore leur journée de travail autour d'une bière bon marché. Mais ces derniers jours, un mystérieux inconnu avait quelque peu chamboulé la morne routine de Ninie, la jeune serveuse du troquet.
L'étrange individu, à la silhouette longiligne et chétive, avait fait son apparition pour la première fois au début de la semaine. Il arborait une courte barbe brune parsemée de quelques épis grisonnants et son teint tanné par le sel semblait indiquer qu'il avait côtoyé les marées durant de longues années.

Un marin de passage sans doute, avait-elle pensé alors.

L'intrigant avait ensuite poussé chaque soir, à la même heure, la porte du rade, seul, silencieux, le regard triste, absent. Il prenait place sur la même petite table, près de la baie vitrée, fuyant le brouhaha des quelques piliers de bar accoudés au comptoir, et plongeait alors ses grands yeux gris par-delà le port, contemplant avec mélancolie la danse irrégulière du reflux marin qui chatouillait le vieux phare de la ville. L'illustre flambeau des mers n'était désormais plus qu'une piètre ruine hors-service. Dénué de son légendaire spectre de lumière, il était bien difficile de le distinguer le soir venu. Quelques vacanciers estivaux allaient le visiter occasionnellement pendant la saison chaude, mais à l'approche de l'hiver, la curiosité touristique locale devenait invisible et anonyme aux yeux de tous.

Le vieux zèbre le contemplait pourtant sans relâche, religieusement, pendant des heures, avant de quitter la boutique, sans avoir touché au verre de Whisky bas de gamme qu'il commandait systématiquement. Il gratifiait cependant sa serveuse d'un généreux pourboire, tout en susurrant à demi-mots, pour lui-même plus que pour elle, qu'il devait rentrer « *là où personne ne l'entend* ».

Le mutisme de ce vieil homme taciturne déstabilisait profondément Ninie. En sa présence, elle sentait poindre au creux de ses reins un subtil et désagréable frisson glacé qui lui faisait perdre sa gouaille naturelle. Mais ce soir-là, elle avait décidé de mettre son malaise de côté en brisant une fois pour toutes la pesanteur ambiante, probablement amplifiée par leurs silences respectifs.

Elle prit une longue inspiration et s'élança donc, le verre de Jack Daniels en main, à l'assaut de cette muraille humaine.

— Votre commande M'sieur… Hum…Vous avez remarqué le ciel ? On dirait bien qu'une tempête se pré-

— *Là où personne ne l'entendait* —

pare... Non ?

Elle marqua un temps, espérant vainement une première réaction, puis reprit ses banalités.

— ... On distingue même plus le phare !

— Personne n'a jamais prêté attention au phare... On ne prête jamais attention à ce qui semble loin de nous...

Alléluia ! Y parle ! pensa-t-elle, victorieuse.

— Z'êtes de la région ?
— Je suis né dans ce port.
— Ah oui ? J'vous avais jamais vu avant cette semaine...
— On ne prête jamais attention à ce qui semble loin de nous...

Ninie sentit de nouveau ce léger souffle glacé lui effleurer l'échine.

— Vous... vous êtes pêcheur ? Ou marin peut-être ? Vous semblez très attaché à c'port en tout cas.
— Je suis né ici... mais on ne me voyait pas. On ne me voyait plus. On ne m'a jamais vu. J'ai goûté à l'écume de cette mer chaque jour de ma longue existence. Je l'ai chérie comme une épouse, car on ne m'a jamais marié. Elle m'a bercé comme une maman, car on ne m'a jamais choyé. J'ai dansé au rythme de ses flots, nous avons ri ensemble, hurlés nos colères, pleurés nos destins solitaires, car on ne m'a jamais prêté d'oreille

amicale ni tendu de main fraternelle. Parce qu'on m'a oublié… L'océan n'est pas un linceul, pourtant vous le contemplez sans penser à la vie qu'il porte.

La peur s'éclipsa temporairement de la demoiselle pour laisser place à une sincère empathie.
Son métier l'avait habitué aux confessions, élucubrations, récits ubuesques de quelques clients un peu trop éméchés. Si ce loustic-là n'était certes pas ivre, il devait toutefois n'être rien de plus qu'un vieux loup solitaire, sans doute en proie au mal de notre siècle : une petite dépression saisonnière.
Chagrin d'amour ? Deuil ? Qui sait ce qui causait sa peine ?

— Roooh… Faut pas dire ça, voyons ! Vous savez m'sieur, je suis sûre qu'il y a plus de gens qu'vous pensez qui vous aime. Suffit parfois de faire un pas, ou d'envoyer un signe pour montrer qu'vous êtes là !

— Un signe… C'est ce que je vais faire, oui… Un signe de vie dans le noir…Pour qu'on se rappelle de moi, pour que l'on vienne à moi. Et il en sera fini de ces mers plates et mornes. Nous danserons à plusieurs avec les flots… À jamais ensemble au milieu des flots…

L'homme mit fin à la discussion en se levant de table.

— Je dois rentrer… là où personne ne m'entendait…

Ninie tenta de lui adresser un sourire compatissant, mais les dernières paroles du vieux bonhomme avaient fait resurgir son malaise. Elle le suivit du regard, pensive, jusqu'à voir disparaître sa silhouette dans les ombres des docks.

— Drôle de z'ozio…, se dit-elle à voix basse tandis qu'elle débarrassait la table.

C'est alors qu'elle aperçut au loin, le vieux phare hors-service s'illuminer… De stupeur, elle renversa le verre qu'elle tenait en main, qui se brisa en mille morceaux au contact du sol.

Comment c'est possible ?! Ce truc est une ruine !

Après l'intrigant échange qu'elle venait d'avoir, la coïncidence lui parut d'autant plus folle…
Elle sentit son esprit rationnel l'abandonner, couler à pic dans les profondeurs marines de cet océan, qu'elle distinguait désormais sous la lueur puissante du monstre de pierre.

Ninie n'en ferma pas l'œil de la nuit. Au loin, quelques éclairs se faisaient entendre, mais la tempête ne semblait pas poindre son nez. Pourtant, dans son esprit, un tsunami de pensées effrayantes la faisait dériver bien loin du port d'attache d'un sommeil apaisant. Elle ne pouvait pas rester ainsi, sans réponse aux innombrables questions insensées qui lui venaient en tête.

— *Là où personne ne l'entendait* —

Une coïncidence ?

Peut-être, mais il lui fallait au moins comprendre comment un vieux phare abandonné avait pu émettre son précieux signal !
Dès le lendemain, elle décida de se rendre à l'office du tourisme pour se renseigner sur le monument. Sur place, l'hôtesse lui fit les yeux ronds lorsque Ninie lui demanda si ce dernier était de nouveau en service.
— Cette ruine ? Vous plaisantez ? Le générateur arrive à peine à fournir du courant au rez-de-chaussée pour l'accueil des visiteurs ! D'ailleurs, il va être définitivement fermé au public. Si vous voulez voir le lieu au moins une fois, ne tardez pas trop. Nous organisons actuellement les dernières visites… Mais ne vous attendez pas à du grand spectacle…
Ninie ne pouvait rester sans réponse. Malgré cette peur qui la tenaillait, il lui fallait comprendre ce qui avait bien pu se passer la veille sur ce petit ilot isolé. Quelques heures plus tard, elle s'avançait donc sur le chenal, prête à embarquer sur le Day-cruiser conduit par un vieil homme aigri et renfrogné, sans doute proche de la retraite et bien las de jouer les guides touristiques au rabais. Elle eut pour unique compagnon de voyage un couple d'Anglais de passage dans la région, sans doute embobiné par le discours commercial d'un agent touristique peu scrupuleux. Néanmoins, la visite ne fut pas déprogrammée et ils prirent

ensemble le large en direction du vieux phare.

À mesure qu'ils s'en approchèrent, le ciel s'assombrit, faisant gronder les astres et agiter les flots de sa noire colère divine. Lorsqu'ils atteignirent la rive, l'océan hurlait sa colère, claquant le récif de ses vagues glacées. La pluie tombait à torrent, le ciel était noir, brumeux, le vent sifflait un funeste cantique et l'inquiétude du retour au bercail devint l'élément principal de la conversation alors qu'ils débarquaient. Le guide feignait de contacter la vigie du port, tripotant paresseusement la radio du cockpit pour tenter d'établir la liaison. S'il semblait indifférent aux évènements en cours, les amoureux, en revanche étaient complètement paniqués, blottis l'un contre l'autre, impuissants face à la féroce colère de Poséidon.

Ninie, quant à elle, ne se souciait guère des éventuelles déconvenues logistiques causées par les intempéries. Une tempête dans la région n'avait rien d'anormal en cette période de l'année. En général, elles étaient impressionnantes pour les non-initiés, mais elles se dissipaient en quelques heures sans causer de préjudices notables. Cette dernière avait pourtant quelque chose de différent. Elle semblait porter en elle un sinistre présage.

La jeune fille n'y prêta pas plus d'attention, obsédée par ses propres interrogations, dont les réponses étaient désormais si proches. Le colosse aveugle qui se tenait désormais à quelques mètres d'elle aurait pourtant dû

la convaincre que ce qu'elle avait vu la veille n'avait dû être qu'une simple hallucination née d'un esprit trop fantasque. Le terme de ruine n'était en effet pas une hyperbole : la pointe du phare était partiellement démolie et il était devenu difficile de s'imaginer qu'il ait pu un jour émettre ses précieux feux. Pourtant, Ninie avait désormais la conviction que ses craintes étaient fondées, et puisque les grandes eaux les retenaient en cage, elle délaissa le petit groupe contrarié pour visiter enfin le géant balafré.
Le rez-de-chaussée avait été partiellement restauré afin d'y disposer quelques panneaux d'affichage qui retraçaient l'historique du monument. Il lui suffit d'une seule lecture pour réaliser que son destin était scellé.
Sur une photo datant du début du siècle dernier, elle reconnut le client du bistrot.
La description parlait du métier de gardien de phare, des conditions difficiles de ces hommes confrontés à une longue solitude et portés par des responsabilités importantes.

«... et les suicides n'étaient pas rares, tant il était difficile pour ces gens de ne pas sombrer dans la folie, ainsi isolés et privés de toute vie sociale... » pouvait-on lire.

Le phare s'alluma à nouveau.

... Un signe de vie dans le noir...

— *Là où personne ne l'entendait* —

Lentement, désormais consciente du sort qui l'attendait, Ninie gravit une à une les marches menant au sommet du phare. Vers la lumière…

… Pour qu'on se rappelle de moi. Pour que l'on vienne à moi…

Une silhouette se dessina progressivement au centre du halo éblouissant. Au loin, les cris du couple d'Anglais se noyèrent dans le tumulte chaotique d'une mer déchaînée.

… Et il en sera fini de ces mers plates et mornes…

Au bout d'une corde, le spectre de l'illustre intendant des lieux oscillait au rythme des vagues.

… Nous danserons à plusieurs avec les flots…

Trois autres cordes à nœuds, vides, encerclaient le pendu, parées à accueillir enfin ses nouveaux compagnons de garde.

… À jamais ensemble au milieu des flots…
…
…

Le mystérieux guide taciturne qui les avait conduits

— *Là où personne ne l'entendait* —

jusqu'à leur mausolée rentra seul au port ce soir-là. La veille, il avait vu, lui aussi, le cyclope ouvrir son œil de feu. Mais surtout, il avait entendu sa complainte perlée de larmes salées implorer l'attention du littoral.
Il avait compris sa requête et y avait répondu.

Le vieux port ne les voit pas, ne les verra plus, ne les a jamais vu. Pourtant, ses indéfectibles gardiens continuent de veiller sur lui, à l'unisson, là où personne ne les entend.

FIN

— *La thérapeutique KERMER* —

**

Le parking de l'Inserm[1] était presque vide en cette fin de journée hivernale.

Parfait ! pensa Ed.

Il n'était en effet pas d'humeur à taper la causette. Ed savait généralement très bien prendre sur lui lorsqu'il rendait sa petite visite hebdomadaire à l'Institut et qu'il ne pouvait échapper aux éternels : « *Alors ? Des nouvelles ? Tu tiens le coup ?* » auxquels il apportait toujours la même réponse. Mais ce soir-là, il n'était pas attendu par la horde de scientifiques en blouse blanche. Il ne venait voir qu'une seule personne, et ce qu'il avait à lui confesser allait indubitablement avoir de lourdes conséquences sur son avenir.
Ed snoba exceptionnellement le parking réservé au personnel hospitalier pour se garer sur une place visiteurs suffisamment éloignée du hall d'entrée pour lui éviter d'être reconnu. Il éteignit ses phares, puis s'octroya quelques dernières minutes de réflexions.

S'il n'était toujours pas convaincu de la pertinence de cette solution, il ne voyait plus aucune autre possibilité. Il fallait que la vérité éclate, et qu'il paye le prix de ses actes. Mais il doutait encore. Par rapport à Alex

---

[1] *Institut National de la Santé Et de la Recherche Médicale*

surtout… Si la justice allait être rendue, les coupables ne connaîtraient pas la même sanction, et il déplorait cette douloureuse réalité. Il ne pouvait cependant plus vraiment reculer, de toute façon. Il avait laissé un message à Xavier un peu plus tôt dans la journée et le neurologue n'allait pas tarder à finir sa garde pour entendre ce qu'Ed avait à lui avouer.

Outre l'affiliation professionnelle qui le liait à sa famille, le Dr Xavier Desmond était devenu au fil du temps un ami proche des Kermer. Ed espérait que cela puisse amoindrir les conséquences, mais le risque que cela ne desserve le dessein visé était grand. Malheureusement, Alex et lui-même n'avaient plus vraiment le choix : plus ils attendaient, plus les choses devenaient compliquées. Si Ed avait cru avoir réussi à cohabiter avec sa propre culpabilité pendant toutes ces années, la réalité était toute autre. Sa conscience n'avait au contraire jamais cessé de lui faire revivre cette fameuse nuit, et le mensonge perpétuel qui le liait à Alex depuis lors n'avait cessé de grignoter ses tripes. Ed avait malgré tout continué sa vie, pensant naïvement se complaire dans le pire.

Et voilà que la situation avait dérapé de nouveau – un dérapage plus cruel encore que le premier « accident ». Plus d'échappatoire possible. Il fallait un sacrifice… Son sacrifice… Ed devait payer sa dette. Quant au destin d'Alex, il dépendrait de la tournure des événements, du lien de confiance qui les liait tous les deux à

Xavier… et de sa propre « prestation ».

Mais qui mérite quoi, hein ?! Qui mérite d'être puni dans cette putain d'histoire ?!!!

Oscillant entre confusion, rage et fatalisme, Ed crispa ses deux mains sur le volant pour tenter de contenir ses nerfs. Il ne fallait pas craquer. Pas maintenant. Alex était sa seule famille, et malgré ses craintes et ses doutes, il devait respecter cela. Ed méritait sa sentence de toute façon. Ce point était indiscutable. Il prit donc une profonde inspiration – le dernier souffle du condamné – et sortit finalement de sa voiture.

Le parc du complexe était divisé en deux parties bien distinctes. L'aile Ouest encerclait partiellement les services psychiatriques et offrait donc ses allées aux patients et à leurs visiteurs. L'aile Est, quant à elle, était réservée au département de recherches médicales. Ed utilisa le badge au portillon et s'y engouffra aussitôt, sans craindre d'y croiser grand monde. Il connaissait ses allées par cœur. Il savait qu'à cette heure tardive, seuls quelques téméraires et vindicatifs fumeurs osaient braver le froid et la nuit pour s'offrir les bouffées de leur précieuse drogue douce. En général, ils se contentaient de rester près du hall.

L'hiver avait du bon. Emmitouflé comme il l'était dans sa doudoune, sa longue écharpe noire et son gros bonnet gris, Ed était de toute façon bien difficile

à reconnaître s'il était amené à en croiser un. Il resta cependant à bonne distance des locaux pour s'éviter quelques empoignades faussement compatissantes et autres déballages de potins à l'ordre du jour.
Pour s'assurer de ne pas être dérangé pendant l'entrevue à venir, Ed savait exactement où aller. Derrière une rangée d'imposants chênes dénudés de leur feuillage, se trouvait la parfaite zone d'intimité propice aux confessions discrètes : aucun vis-à-vis et la végétation y restait dense malgré la saison. Xavier ne risquerait donc pas d'être aperçu en sa compagnie et s'épargnerait tout éventuel « interrogatoire » de collègues indiscrets et curieux le lendemain.

Pourquoi donc cherches-tu à ce point à te cacher, Ed ?

Après tout, avec ce qu'il s'apprêtait à confesser, il serait inévitablement amené à se confronter au jugement collégial de ceux qu'il avait côtoyé pendant tant d'années. Mais ce soir-là, la discrétion avait son importance… Peut-être s'accrochait-il encore à l'espoir de trouver une ultime alternative pour se sortir de cette situation…
Il prit place sur le vieux banc en bois vermoulu, gondolé par les pluies verglaçantes des derniers mois, et fit ce que tout accro à la nicotine se devait de faire dans une situation d'attente : il s'offrit une clope. Aussitôt cette dernière allumée, la cigarette enclencha son

légendaire pouvoir d'accélération temporelle, et son téléphone sonna.
— Agent Kermer ? Agent Desmond au rapport ! Paré pour la mission « confidentielle » du jour !
— Très drôle, Xav…
— Désolé, Sieur Edric. J'ai eu une dure journée… Je viens juste de finir. Tu es où exactement ?
— Si tu continues à m'appeler Edric, tu ne le sauras jamais…
— Ahah ! Pas pu m'empêcher… Pardon, Ed.
— Je t'attends au « laisse aller », je suis sur le vieux banc.

C'était ainsi que le personnel de l'hôpital avait surnommé cette partie du parc en friche. La zone était volontairement laissée à l'abandon car les équipes de l'Institut appréciaient cet environnement sauvage, opposé au caractère strict, scientifique et cadré qu'impliquait leur corps de métier. L'été, certains aimaient s'y engouffrer pour s'offrir une petite parenthèse dans leur emploi du temps constamment chargé. L'endroit était également connu pour accueillir les ébats passagers des jeunes internes en ébullition du centre hospitalier. Ed, quant à lui, avait souvent squatté l'endroit pour l'intimité qu'elle lui procurait. C'était un lieu propice aux réflexions et au lâcher-prise.

Un lieu où on « laisse aller » les choses comme elles viennent, quoi…

Il interrompit ses pensées lorsqu'il entendit des pas se rapprocher de lui.

— Rah… Ed ! Tu n'as pas honte de me faire sortir par un froid pareil ?! Tu es sûr que tu veux pas monter ? « *La biscotte* » est pas là aujourd'hui. Il se fait rare ces derniers temps. Avec un peu de chance, il commence enfin à se préparer pour tirer définitivement sa révérence.

— Là, tu rêves… Les biscottes, ça n'a aucun goût mais ça périme jamais…

« *La biscotte* » était le surnom du Professeur Heudeberg, le responsable en chef de l'équipe de recherches THERAPSY. Le vieil homme avait consacré sa vie entière à l'étude d'alternatives thérapeutiques aux traitements pharmacologiques habituels prescrits pour certains troubles psychiatriques. S'il avait derrière lui une longue carrière glorifiante, il avait largement outrepassé l'âge de partir en retraite et s'entêtait malgré tout à vouloir conserver son statut et ses privilèges. Les signes du temps avaient cependant largement altérés ses compétences et il n'était plus vraiment apte à gérer correctement son service. Mais il était toléré par ses confrères, par respect pour ses illustres travaux salués par toute la profession.

Ed, en revanche, ne le portait pas du tout dans son cœur… Et pour cause : l'homme s'était en grande partie attribué le mérite de la *méthode KERMER*. Certes, le professeur avait joué un rôle important dans la mise en lumière de cette révolution thérapeutique, mais Ed ne pouvait tolérer l'affront commis par ce grabataire arrogant envers sa famille. Sa seule contribution s'était cantonnée à la signature des documents administratifs et il avait conduit quelques conférences sur les bienfaits de la « neurostimulation électrique transcrânienne dans la pathologie schizophrénique »... En d'autres termes, il n'avait fait que réciter la thèse écrite par celui qui avait été son plus éminent confrère. Et c'était cet imposteur que les gens saluaient et applaudissaient...

Mais qui a joué les cobayes pendant plus d'une décennie ?! Qui a tout sacrifié pour la recherche ?! Qui a trouvé la « formule magique » miraculeuse ?

Ed avait-il vraiment la légitimité de s'en offusquer ? Non... Bien au contraire... Malgré tout, l'injustice de cette notoriété usurpée l'agaçait profondément.

Mais la biscotte risque de s'émietter prochainement...

En effet, sa révélation allait probablement mettre en branle leur salvatrice découverte. Injustement d'ailleurs... La *thérapeutique KERMER* serait remise en question dans un premier temps, mais elle était efficace. C'était incontestable. Ed aurait au moins le plaisir de voir perler quelques gouttes de sueur sur le front fripé du vieil arrogant pendant cette courte période de doutes. Maigre lot de consolation, Ed en paierait le prix bien cher.

— Désolé, Xavier… Je me perds dans mes pensées. Je suis pas vraiment d'humeur à prendre sur moi pour les conventions d'usage ce soir…

Le neurologue cinquantenaire avait pris place à côté d'Ed, sur le vieux banc en bois. Il s'était alors aussitôt plongé dans son smartphone, filtrant les quelques mails reçus qu'il n'avait pas eu le temps de consulter durant sa journée. Xavier avait rapidement compris que son ami n'allait pas fort, et il ne voulait pas le brusquer davantage.

— Je comprends… Avec tout ce qui vous arrive en ce moment… Tu sais, je suis rassuré que tu m'aies appelé. Je me sens moi-même impuissant. Alors si je peux au moins te soutenir… Dis-moi comment tu vas, Ed ?

— Pas top, c'est sûr. Je gère comme je peux.

— Et Alex ? Il ne m'a toujours pas rappelé. Ce serait bien que vous veniez ensemble la prochaine fois. Tout le monde me demande de ses nouvelles à l'étage.

— Il va pas très fort.

— Je suppose donc qu'aucun de vous n'a eu de nouvelles de Nora…

— Non. Alex se sent coupable… Moi aussi d'ailleurs…

— Ça devient vraiment inquiétant, Ed. Vous devez aller voir la police maintenant. Nora n'est pas du

genre à disparaître sans donner de nouvelles pour une simple dispute conjugale... Vous êtes sa famille ! Même contrariée, Nora ne peut pas laisser si longtemps son mari et son fils dans l'inquiétude... Ce n'est pas normal.
— Justement... C'est à ce propos que je voulais te voir... Nora a des raisons de ne plus vouloir nous parler. Des raisons bien loin d'être dérisoires. Mais... J'hésite encore à t'en parler...

Ed commença à montrer quelques signes de nervosité. Son pied droit se mit à marteler frénétiquement le sol du talon. Ses mains s'engourdissaient. Il sentait leur moiteur imbiber la laine de ses mitaines, provoquant de désagréables picotements dus au froid, qu'il tentait machinalement de combattre en agitant ses doigts contractés.
Le moment était venu. Aucune autre alternative ne lui était venu en tête. Désormais, son avenir, ainsi que celui d'Alex, allait dépendre de la façon dont cet ami de longue date accueillerait ce qui allait lui être révélé.

Il se doute forcément de quelque chose... Il nous connaît depuis tant d'années... Et c'est toi qui vas trinquer pour tout, Ed...

Xavier restait cependant fidèle à lui-même : calme et bienveillant. Il lui donna une accolade amicale, es-

pérant apaiser l'homme anxieux qui blêmissait devant lui à chaque seconde.
— Calme-toi, Ed. Tu sais que tu peux tout me dire. Ça te soulagera certainement. Je suis ton ami, nom d'une pipe ! C'est mon rôle d'être là dans les mauvaises passes.

Il a raison… D'ailleurs, même s'il se doutait de quelque chose, il n'a jusque-là rien dit. Ça prouve sa fidélité, non ?

— Tu sais, Xavier… l'Institut est devenu notre résidence secondaire familiale après toutes ces années. Nora, Alex et moi-même y avons passé presque la moitié de notre existence. Pourtant ce soir, je ne lui trouve pas la chaleur rassurante habituelle. Ce soir, ces murs m'effraient, m'attristent, me rebutent. Tout est devenu tellement… chaotique ces derniers mois… Et c'était inévitable, finalement. Ça fait 16 ans, tu te rends compte ? 16 ans que « l'expérience » a commencé !
— Une expérience ? Ed, voyons… C'est la vision que tu as de votre si belle famille ?
— Ne m'interromps pas s'il te plaît. Bien sûr que l'adoption était avant tout un acte d'amour. Nora voulait un enfant depuis longtemps et le temps s'écoulait sans que la nature ne daigne répondre à son désir. Mais, arrêtons l'hypocrisie, tu veux bien ? Un neuroscientifique qui œuvre dans le domaine de la psy-

chiatrie génétique n'adopte pas un jeune enfant schizophrène sans y entrevoir le moyen de faire avancer ses travaux de recherches... D'autant plus avec une femme psychologue.
— Mais c'était tout à fait honorable ! Un couple autant impliqué professionnellement dans cette problématique psychiatrique, n'était-ce pas inespéré, au contraire ? Un environnement stable, un réservoir de connaissances adéquat... Tout pour favoriser un bon développement psycho-affectif. Et en prime, la volonté et les moyens de contribuer à révolutionner la prise en charge médicale de cette pathologie ! Votre famille est non seulement un modèle exemplaire d'équilibre socio-éducatif, mais elle a en sus donné naissance à la *thérapeutique KERMER* ! Votre méthode, à tous les trois ! Quoi qu'en dise « *la biscotte* », elle portera à jamais votre nom ! Aujourd'hui, grâce à vous, des milliers de patients ont mis au placard leurs lourdes thérapies chimiques pour dire définitivement adieu à leurs troubles ! Alors, oui... Si tu veux employer le terme « expérience », c'en est une... Mais alors, quel succès !
— Un succès ? Ahahah !! As-tu idée de ce qu'a été le quotidien toutes ces années ? Crois-tu vraiment qu'il a été facile de conditionner un enfant à devenir quelqu'un d'autre en lui infligeant chaque semaine ces impulsions électriques, soi-disant sans douleurs ? Observant scrupuleusement chacun de ses gestes

du lever au coucher ? Testant son comportement, ses attitudes jusqu'à envahir son intimité ? Combien d'espoirs, combien de désillusions, combien de tentatives a-t-il fallu avant de réussir l'exploit d'inhiber définitivement toutes ses pulsions, ses délires ? Et les pressions constantes de l'Institut sur l'avancée des recherches ? Tout ça n'a pas été sans conséquences dans nos vies !!
Ed avait parlé avec rage. Toute sa vie, il ne s'était jamais plaint de quoi que ce soit. À l'Inserm, il s'était toujours affiché calme et digne. Et voilà enfin qu'il osait mettre temporairement de côté sa honte et sa culpabilité pour exprimer les émotions qu'il avait si longtemps contenu. Mais le douloureux couperet de la vérité lui revint presque aussitôt et il se recroquevilla sur lui-même instantanément.
— Je le sais bien, Ed... J'ai essayé de mon mieux de vous accompagner dans les moments difficiles. Et c'est justement parce que vous avez traversé tant d'épreuves ensemble que vous pouvez aujourd'hui tous être fiers. TOUS, Ed !
— Fiers... Laisse-moi rire. Nora est... est partie... Tu crois vraiment que c'est parce qu'elle est fière de nous ?
— C'est vrai, je n'ai été qu'un témoin factuel de vos vies. Je me doute qu'il y a des tas de choses que j'ignore sur ce que vous avez traversé ensemble dans l'intimité, loin des murs du Centre. Mais la situation actuelle te

perturbe, te fais douter de toi. Ed, toutes les familles ont des conflits, nom d'une pipe ! Les couples s'engueulent, certains se séparent ! Mais cela ne changera jamais rien aux prouesses que toi et ta famille avez accompli. On parle de guérison, Ed ! Aujourd'hui, grâce à vous trois, on guérit la schizophrénie ! Vous avez sauvé des vies !

— Et donné la mort aussi…

Ed avait murmuré ces mots, presque pour lui-même. Mais il les avait dit… Enfin. Plus de retour arrière possible. Il les entendait résonner sans fin dans sa tête et crut même un court instant avoir simplement rêvé ses paroles. Mais non. L'introduction était lancée. Tête baissée, il était désormais devenu apathique. Son regard vagabondait sur le sol caillouteux du parc dans l'unique but éviter à tout prix celui de Xavier. Le neurologue, quant à lui, resta un moment silencieux. Il n'avait aucune idée de ce que cachaient ces mots, mais il avait compris une chose : ils n'étaient pas à prendre au sens figuré.

— Que veux-tu dire, Ed ?

— Je… Je vais te raconter une histoire, Xavier… Une longue histoire. Notre histoire, celle de cette si « glorieuse » famille Kermer. Au commencement, il y avait un couple. L'homme était un neuroscientifique prometteur passionné par son métier. Ambitieux, il était convaincu qu'il saurait conduire loin ses recherches sur les psychoses. Et il ne voulait pas seulement comprendre ou expliquer ces dernières, il voulait les guérir. La femme était une psychologue moins gourmande de gloire. Elle avait cependant acquis une belle réputation dans la profession et elle était régulièrement amenée à travailler auprès de son mari à l'Inserm, afin de lui fournir ses précieuses données analytiques et comportementales sur les différents patients qui la consultaient. Le couple était heureux, mais les années passaient sans qu'ils n'arrivent à concrétiser leur amour en donnant la vie. L'histoire leur fit alors croiser la route d'un jeune garçon orphelin. L'enfant de 11 ans n'avait jusque-là connu que les foyers et les familles d'accueil temporaires. Son comportement ne facilitait pas son placement : il s'isolait beaucoup, parlait peu, se montrait confus et parfois, il « piquait des crises », exultant alors sa violence et son agressivité de façon soudaine et brutale. Il était systématiquement marginalisé par ses camarades et cela ne faisait qu'aggraver son état. L'enfant croisa le chemin du couple alors qu'enfin on avait identifié l'origine de ses troubles comportementaux : il présentait tous les symptômes d'une schizophrénie précoce. Le couple décida aussitôt de l'adopter. La femme devint une mère attentionnée, prise d'affection pour ce jeune garçon prisonnier de ses troubles. Le père se fit la promesse de tout mettre en œuvre dans ses recherches pour le guérir. De l'amour, des soins et l'objectif commun de faire avancer la science par la même occasion.

— *La thérapeutique KERMER* —

Que de nobles intentions, comme tu l'as souligné. L'Inserm devint alors leur deuxième cocon familial. L'enfant y recevait une attention toute particulière : consultations, examens hebdomadaires, observations, hospitalisations, traitements expérimentaux… Les équipes psychiatriques et scientifiques étaient à ses petits soins. Même « *la biscotte* », à l'époque, semblait faire preuve d'une rare bienveillance désintéressée à son égard… Mais les premières années furent difficiles. L'enfant entrait dans l'adolescence. Ses crises hallucinatoires étaient de plus en plus fréquentes et sa scolarité fut problématique. Le rejet de ses camarades accentuait l'agressivité du jeune garçon perturbé. Les différents antipsychotiques se montraient inefficaces et le couple prit la décision de lui faire l'école à domicile. Une aubaine pour le père dont les recherches commençaient à explorer les prémices de l'alternative thérapeutique miraculeuse qu'est devenue aujourd'hui notre méthode. Il put alors commencer ses expérimentations et affiner ses observations. Les premiers essais KERMER ne se furent pas sans douleur ni complications. Le dosage des impulsions électriques était une étape délicate et complexe. Mais le jeune garçon se montrait courageux. La mère avait cessé d'exercer pour accompagner son brave fils dans cette épreuve, lui apportant sa compréhension. L'enfant voyait la dévotion dont faisaient preuve ses parents à son égard et jamais il n'avait douté de leurs intentions, même lorsque ses hallucinations lui hurlaient le contraire. Il était le centre de leur attention et il semblait trouver cela plaisant. Jamais il ne se plaignait de ses douleurs, jamais il ne s'opposait aux tests. Et ça a commencé à payer. La fréquence de ses épisodes hallucinatoires diminuait petit à petit. Le jeune garçon se montrait plus sociable, plus concentré, plus attentif. Grâce au précieux savoir-faire de sa mère, il se resociabilisa progressivement, reprit une scolarité traditionnelle et se fit même quelques bons camarades. Ses résultats scolaires étaient impressionnants et ceux de son activité neuronale également. À la fin du lycée, on commença à parler de guérison. La *thérapeutique KERMER* était née et la longue procédure de sa certification pouvait commencer.

— Excuse-moi de t'interrompre, Ed... Mais, où veux-tu en venir exactement ? Je te rappelle que j'étais là à l'époque. Je connais tout ça, tout ce que vous avez vécu. J'étais déjà très admiratif de votre valeureuse famille...

— Je sais bien, Xavier. Ton travail a d'ailleurs été important. Tu es, et tu l'étais déjà à l'époque, un brillant neurologue. Tes observations ont joué un rôle essentiel dans la stabilisation de la méthode. Tu mériterais plus d'honneur à cet égard.

— Tu sais bien que je me fiche de la gloire...

— Je sais... Ton humilité est admirable. Tout comme ton écoute, ta compréhension, ton empathie... C'est pas pour rien que tu es devenu un si grand ami… Et c'est pour ça que j'ai besoin de te recontextualiser les choses. Ton jugement me sera si douloureux…

Il poussa un profond soupir avant de reprendre son récit.

— L'avenir semblait idyllique pour les Kermer, non ? La mère avait repris son activité. Elle envisageait de mettre à profit son expérience auprès de ses consultants schizophrènes dès que la méthode aurait obtenu sa validation. Le père s'apprêtait à connaître enfin gloire et renom en finalisant la rédaction de sa thèse, alors que « *la biscotte* » entamait son processus de rapt de gloire en médiatisant en son nom l'importante découverte. Quant au jeune homme, après tant de souffrances, il était devenu la perle reluisante dans laquelle se reflétait la fierté des parents. Il s'apprêtait à gravir les bancs de la fac, l'avenir devant lui, et s'affichait désormais calme et avenant, bien loin de l'enfant asocial et instable qu'il avait été. Il était devenu quelqu'un d'autre… Quelqu'un d'autre…

Ed stoppa son monologue un instant. Ses tics nerveux étaient revenus. Il allait aborder le climax de son récit, le passage où l'image des héros allait décliner à tout jamais. Il prit une profonde inspiration avant de reprendre le cours de l'histoire.

— Un soir, le père reçut un appel à la maison Kermer. C'était le fils. Le jeune homme n'habitait plus au domicile familial depuis quelques mois – il logeait dans

une petite chambre universitaire – mais il rendait régulièrement visite aux parents et n'avait jamais manqué un seul rendez-vous à l'Institut pour son suivi hebdomadaire. « *J'ai dérapé, papa* », qu'il lui a dit. Il était en larmes, confus, déboussolé. Le père prit aussitôt la route pour le rejoindre. Ce qu'il découvrit alors alla bien au-delà de ses pires craintes. Le fils errait dans une ruelle à 500 mètres environ de sa résidence universitaire. Au sol, le corps sans vie d'un jeune étudiant. Il avait reçu plusieurs coups violents à la tête et sa mort était indubitablement due à l'hémorragie cérébrale qui en avait découlé. Le fils était agité, tremblant. « *Je me souviens de rien !* », qu'il criait. « *Ça a recommencé !* » qu'il disait. Recommencé…
— Oh mon dieu, Ed !
— … Car le fils lui avait caché certaines choses ces dernières années. Ses troubles de mémoire qu'il avait, quand il semblait se « réveiller » dans une autre pièce, sans avoir le souvenir de s'y être rendu. Des objets qu'il ne se rappelait pas avoir déplacé, des gens à l'école qui semblaient le connaître alors qu'il ne leur avait jamais parlé…
— Ed, nom d'une pi…
— Ça avait commencé alors qu'il était au lycée. Le fils n'avait pourtant presque plus d'hallucinations. Il s'ouvrait aux autres, avait des camarades, et se réjouissait de faire la fierté des parents, heureux qu'ils étaient de voir le fils progressivement guérir. Alors, le fils pen-

sa bien faire en décidant de leur cacher ses petites « absences ». Tu comprends, pour lui, ce n'était qu'un trouble mineur comparé à ceux qu'il avait connu. Il ne voulait pas décevoir, ou même compromettre la précieuse thérapeutique qui lui offrait cette seconde naissance.

— Écoute-moi, Ed…

— Le père suspecta aussitôt l'improbable diagnostic… Un trouble dissociatif de l'identité. Ils étaient passés à côté toutes ces années – mais c'est tellement rarissime, et si complexe à déterminer ! Le fils n'avait pas conscience de son état, encore moins de la gravité de son mensonge. Il n'avait même pas conscience qu'il venait de tuer quelqu'un ! Alors, le père ramena le fils à la maison sans appeler la police. La mère était absente pour quelque temps – un séminaire. Père et fils passèrent donc les jours qui suivirent en tête à tête, redoutant chaque seconde. Le corps fut découvert, mais aucun lien ne fut établi entre la victime et le fils. Il y eut une brève enquête et l'affaire fut finalement classée sans suite. Qu'auraient-ils dû faire ? Ces jours passés ensemble avaient permis au père d'affiner son diagnostic. Si le jeune homme semblait bel et bien présenter un trouble dissociatif, il n'identifia en revanche aucun des symptômes de sa schizophrénie d'antan. Le père était formel sur ce point : sa méthode thérapeutique l'avait guéri de cette pathologie-là. Alors devait-il prendre le risque de voir cette si précieuse

méthode révolutionnaire être remise en question par ses pairs au détriment des milliers de patients qui attendaient désespérément cet espoir de guérison ?! Le père n'avait pas le pouvoir de ramener les morts à la vie, mais il avait sacrifié la sienne pour soigner celles qui rencontraient quelques dysfonctionnements. Il savait aussi que le fils n'était pas un désaxé sadique et meurtrier. Le fils avait dérapé sans avoir conscience de son acte. Et si le père avait réussi à le guérir de sa schizophrénie, il pourrait en faire tout autant avec ce nouveau trouble ! Le fils resta un temps en état de choc, sans comprendre son état, sans réaliser son geste. Il ne se souvenait même plus avoir appelé son père ce soir-là, pour lui confesser son « dérapage ». Tout était si confus, si trouble. Alors, le père guida le fils sur la voie du mensonge. Au retour de la mère, le fils prétexta s'adapter difficilement à sa nouvelle indépendance et il revint vivre au domicile familial durant la poursuite de ses études. La mère, trop heureuse de retrouver son enfant chéri, ne s'en inquiéta pas davantage.
— Ed, STOP !!! Nom de…
— Laisse-moi finir, Xavier… Je t'en supplie, je n'aurai plus la force de reprendre après t'avoir entendu…

Xavier avait essayé de conserver sa légendaire posture flegmatique, mais il avait grand mal à dissimuler sa stupeur à mesure que l'histoire lui était conté. Il hésita un court instant, puis s'alluma finalement une

cigarette, invitant Ed à terminer sa longue révélation d'un geste de la main, non sans appréhension.
— Les années passèrent dans le faux-semblant. La *thérapeutique Kermer* reçut l'approbation suprême et aujourd'hui, comme tu le sais, elle guérit la schizophrénie sans que des effets secondaires notoires n'aient été signalés. Le père prescrivit secrètement une aide médicamenteuse au fils pour soulager ses symptômes tout en continuant ses recherches sur lui, espérant gâter le corps médical d'une seconde innovation thérapeutique miraculeuse. Le fils, quant à lui, sembla se stabiliser au fil du temps : moins d'absences, peu de désorientations. Pour les *lambda*, il est aujourd'hui perçu comme un étudiant plutôt brillant. Même s'il a un cercle de connaissances assez restreint, ces derniers n'ont jamais eu à se plaindre de son comportement. Mais derrière la carapace de l'ordinaire, père et fils portent depuis des années un bien lourd poids. La culpabilité les ronge et les rongera sans doute à jamais... C'est peu cher payé pour un tel acte, je sais... mais leur sort n'est pas enviable pour autant. Personne n'est à envier dans cette histoire, en fin de compte...

Ed s'arrêta, prit de sanglots.
— ... Tu as fini ?
— Tu sais presque tout... Le fils a fini par craquer et raconter toute l'histoire à la mère. La trahison familiale a eu du mal à passer... Alors, elle est partie. Je suppose qu'on va pas avoir de nouvelles de Nora

pendant un bon bout de temps… La pilule est lourde à avaler… Tant de mensonges…
— Ed… Je… Je suis sous le choc… C'est complètement insensé !! Qu'avez-vous fais ?! Vous… Vous ne pouvez plus taire ce secret davantage… Tu le sais, Ed ?
— Oui…
— Cet étudiant, il avait une famille. Ils ont le droit de connaître la vérité, tu comprends ?
— Oui. Je… Bien sûr que oui.
— Je sais pas ce que tu attendais de moi en me confessant une telle chose… Mais si tu comptes sur mon silence, je préfère te dire tout de suite que tu peux oublier ça…
— Tu es un ami proche, Xavier. De moi, d'Alex et de Nora. Il est temps pour moi de faire face à mes responsabilités, et ça commence par affronter ton jugement. Et puis, je voulais pas que tu t'imagines le pire pour Nora. On te devait la vérité, pour que tu comprennes pourquoi elle est partie si brutalement sans donner d'adresse.
— Je vois… Mais je sais pas si tu comprends la gravité des actes commis. Ed ! Un meurtre ?! Et réalises-tu les conséquences que vos mensonges auraient pu avoir sur des milliers de patients ?
— J'en ai conscience… Je… Je suis désolé, Xavier ! Si tu savais comme tout a été lourd à porter toutes ces années ! J'ai tant de fois pensé à me foutre en l'air !

Mais on paie cher le prix, tu sais… On paie cher le prix de tout ça… Pas assez cher, je sais, alors, je suis prêt à endosser les conséquences de mes actes, de nos actes, désormais. Pour Nora…
— Alors, viens avec moi. On ne peut pas attendre davantage. Tu me dis de ne pas m'inquiéter pour elle, mais son absence de nouvelles est au contraire encore plus alarmante maintenant que j'en connais la véritable cause. Après un tel choc, qui sait quelles idées morbides ont pu lui traverser l'esprit ?!

Le neurologue invita Ed à se lever pour le suivre. Ce qu'il venait d'entendre avait brisé toute la confiance et l'admiration qu'il avait nourri pour cette famille pendant tant d'années. Il naviguait entre l'inquiétude, la crainte, la désillusion et une incompréhensible compassion. Trop de questions s'agglutinaient dans sa tête pour le dispenser d'une réflexion rationnelle et prolifique. Ed resta un moment assis, prostré sur lui-même, accablé par le regard interloqué et inquisiteur de cet homme si cher à son cœur. Il espérait vainement y trouver quelques étincelles bienveillantes, mais Xavier ne put lui offrir tout au plus qu'une frêle lueur de pitié. Le confessé se leva enfin, paré à s'absoudre de ses péchés en s'abandonnant au joug de son aumônier.
— … Et pour Alex ?
— On va l'appeler ensemble et lui demander de nous rejoindre.
— Mais que va-t-il lui arriver maintenant ?

— Je ne sais pas vraiment, Ed… La police nous en dira davantage. Je suppose qu'il va vous falloir un bon avocat…
— Mais je parle de ses soins, Xavier ! Mon fils va avoir besoin de soins ! Pas d'une cage !
Xavier se figea sur place. Lentement, il posa des yeux écartelés par la stupeur sur le visage implorant de son supplicié.
— Ed ?! Qu'est-ce que tu viens de dire ?
— Alex est malade, Xavier ! J'ai échoué… Je le reconnais. J'ai fait un choix complètement irresponsable. Mon ego démesuré était convaincu qu'il saurait lui offrir une seconde guérison. Je n'aurais jamais dû le couvrir. Je suppose que j'ai cru agir en bon père… Mais c'est un bon garçon, tu sais ! Il a simplement besoin d'être pris en charge par meilleur savant que je ne l'ai été. La prison ne saurait lui apporter les soins qu'il requiert ! Au contraire ! Il… Il se perdrait dans sa folie… Il… Il…
Ed était déboussolé, confus, agité. Regrets et culpabilité s'épousaient en lui et ce toxique mariage lui chantait sa frénétique complainte désespérée. Il se mit à bafouiller, cherchant ses mots, se parlant à lui-même…
Xavier l'observait dans la sidération, momentanément paralysé par l'excessif comportement de son compagnon. Quand enfin il retrouva ses pleines facultés d'agir, il mit fin aux supplications de son ami en

l'attrapant fermement par les épaules pour le conduire à nouveau vers le banc.
— Tout va bien, Ed. Respire calmement. Assieds-toi et reprends ton calme. Dis-moi, Ed… Qui crois-tu être en ce moment ?
— Quoi ?! Qu'est-ce qui te prend de me poser cette question ?!! Je… Je suis Ed, quoi !
— Oui, tu es Ed. Ed Kermer. Le fils d'Alexandre Kermer. Le jeune orphelin, l'enfant schizophrène, le fils… C'est toi, Ed !
— Quoi ?!! Qu'est-ce que tu racontes ?!! Non !! Je suis Ed, ton collègue ! Ton… Je…

Ed s'affaissa sur lui-même. Il porta des mains tremblantes sur ses tempes, chuchotant quelques inaudibles propos que Xavier ne chercha pas à comprendre. Le neurologue continuait de le bercer par quelques paroles disparates. Loin de ses émotions, il se contentait d'attendre froidement que le jeune homme retrouve son calme. La blouse blanche du scientifique neutre et observateur avait remplacé le réconfortant manteau de laine de l'ami chaleureux. Il scrutait Ed attentivement, avec l'œil de l'analyste.
La crise s'apaisa petit à petit et Ed sembla enfin reprendre l'esprit qui lui appartenait.
— Je suis Ed Kermer. Le fils adoptif de Nora et Alex Kermer. Je… Ça va. Mieux. Je… Oh ! Xavier ! Je suis désolé ! Pourquoi moi ?! Pourquoi ça m'arrive encore à moi ! Pourquoi mon cerveau s'acharne-t-il à dysfonc-

tionner ?! Pourquoi ?!

Xavier se garda de lui répondre. Il se contenta de lui donner quelques caresses paresseuses dans le dos, sans conviction.

— Je suppose que je mérite mon sort. Pourtant, si Dieu m'avait programmé correctement... Jamais le sang n'aurait été versé. Je... Je suis bien incapable de... J'aurais jamais... ôté la vie.

— Qu'est ce qui s'est VRAIMENT passé ce soir-là, Ed ?

— Je te l'ai dit. Je suis incapable de me souvenir de quoi que ce soit. J'ai eu... une de ces... absences. Qu'est-ce que je foutais dans cette ruelle ? Qui était ce mec ? Pourquoi est-ce que je l'ai... Oh mon dieu, j'en sais foutrement rien !!! On est plusieurs là d'dans !

Il frappa violemment son crâne de la paume de sa main.

— Ça suffit la comédie, maintenant Ed. Je ne sais pas qui tu croyais duper avec ce petit jeu de dédoublement de personnalité. Mais le trouble dissociatif est matière à controverse dans la profession. S'il existe vraiment, les cas diagnostiqués sont excessivement rares. Suffisamment rares pour que tu m'en fasses une prestation bien caricaturale.

Ed cessa aussitôt ses branlantes gesticulations — bien que le va-et-vient nerveux de son talon au sol conduise sa jambe à produire à nouveau son anxieuse danse incontrôlée. Il détourna la tête pour fuir le re-

gard de Xavier. Game over.
— Tu as failli m'avoir, je le reconnais. Sans le dernier acte, je serais tombé dans le panneau. Mais tu n'aurais pas dupé la science très longtemps, de toute façon. Ce que je n'arrive pas à comprendre, c'est le sens de tout ce cirque. Le pourquoi… Cherches-tu à t'éviter la case prison en étant reconnu psychiatriquement irresponsable de ton acte lors d'un éventuel procès ? Je suppose que mon témoignage de neurologue – et ami de longue date – te serait bien précieux, n'est-ce pas ?
— Je ne suis pas un meurtrier, Xavier. Du moins, pas volontairement. Je t'ai pas menti là-dessus. Je ne me souviens pas de ce qui s'est passé ce soir-là. C'est sûr, je n'étais pas un autre, du moins pas au sens dissociatif du terme. J'ai eu une de mes crises paranoïaques, je suppose. J'ai dû me croire suivi, voire traqué par cet inconnu. L'individu a peut-être mal réagit, sans comprendre que j'étais en crise. Quelque chose du genre… Bref, ça a de toute évidence dérapé. Tout est vrai. J'étais complètement à la ramasse, déboussolé. J'ai vécu tant d'années avec ma schizophrénie que j'ai d'abord cru que mes hallucinations auditives devenaient visuelles, que ce corps mort qui gisait à terre n'était pas réel. Alors, j'ai appelé Alex.
— Et ton père a couvert tes actes… Comment un si grand neuroscientifique a-t-il pu perdre tout son bon sens ?!
— Sa précieuse « thérapeutique », Xavier… C'est elle

son véritable enfant. C'est pour elle qu'il a choisi de me conduire dans le mensonge. J'étais prêt, tu sais, à assumer ce que j'avais fais. Si seulement j'avais été moins fragile, moins influençable…
— Tout cela ne colle pas, Ed !! Tu étais censé être guéri, non ? La thérapeutique était au point et en cours de validation. Et si la méthode avait présenté des défaillances, on le saurait aujourd'hui !
— Je suppose qu'Alex a apporté quelques correctifs de dernière minute. Il a réajusté mes séances les mois suivants. Et je suis bel et bien guéri aujourd'hui. Beaucoup de névroses, mais fini la psychose…
— Impossible. La thérapeutique n'a connu aucune modification jusqu'à son approbation finale durant cette période. Je suis formel. Je ne te comprends pas, Ed… Pourquoi ? Pourquoi me révéler ça maintenant et avec toute cette mise en scène ? Pourq… Oh, bordel ! Nora !!

Xavier se redressa subitement, portant un regard accusateur et remplit de rage sur Ed.
— Tu n'étais pas malade ce soir-là ! Tu étais déjà guéri depuis le lycée ! Je sais pas ce qui s'est passé, mais tu as tué ce garçon en pleine possession de tes esprits ! Alex t'a couvert par amour, je suppose… Mais il a fini par craquer, c'est ça ?! Mentir à sa femme toutes ses années le rongeait, alors il a fini par tout avouer à Nora. Elle a dû essayer de vous convaincre d'aller vous dénoncer, ou de le faire pour vous, et je suppose

que cela ne t'a pas du tout plu. Mon Dieu, Ed !! Que lui as-tu fais !! Comment as-tu pu ?!
— Je t'interdis de penser ça !! Jamais je n'aurais pu lui faire quoique ce soit !! Je suis pas le Diable que tu dépeins, Xavier !! Je refuse de…

Xavier ne l'écoutait plus. Il fouillait ses poches à la recherche de son smartphone. Cela avait trop duré, et il refusait de s'éterniser davantage dans cet interrogatoire ubuesque et garnit de mensonges qui n'avait plus de sens. Il tomba enfin sur le précieux artefact et s'apprêtait à composer le numéro de la police locale lorsqu'il s'affala brutalement de tout son long sur le sol froid et humide du parc.

Derrière lui, Ed haletait, brandissant encore la lourde pierre tachetée de gouttelettes rouges qui lui avait servi de matraque d'infortune.

— Je suis désolé, Xavier !! Tellement désolé !!! Mais tu ne comprends pas !!

Le neurologue, encore sonné, lui répondit en balbutiant quelques mots.

— Ed… Calme-toi… Ed ! Par pitié, ressaisis-toi !
— Je n'ai jamais voulu que tout ça arrive !! Jamais !! J'ai porté le poids de ce que j'ai commis toutes ces années, pour LUI !! Pour LE protéger, tu comprends ??? Je suis pas un mauvais garçon, Xavier !!

Ed pleurait comme un enfant, accroupi aux côtés du docteur blessé.

— D'accord, Ed. D'accord. Tu as certainement besoin

de soins… Je peux t'aider, tu sais ? Je suis ton ami…
— Tu as toujours été un exemple pour moi !! Ton humilité, ta bienveillance !! Tellement à l'opposé de ce qu'IL a été pour moi !

Le jeune homme sembla plier sous l'apparente compréhension de son ami. Ce dernier réussit à se relever un peu, serrant au passage la main du garçon troublé pour tenter d'amadouer son agresseur.
— Et je vais continuer, d'accord ? Je vais t'aider à affronter tes démons. Le poids de tes crimes est devenu trop lourd à porter. Je le comprends, Edric…
Ed aperçut alors le geste de son camarade, qui tentait discrètement d'attraper son bipeur de sa main libre. Il souleva aussitôt la lourde pierre, prit tout l'élan qu'il pouvait et…
— Je suis Ed !!! Pas Edric ! Edric était schizophrène !! Ed est sain d'esprit ! Ed est gentil, calme ! Mais Ed est faible, soumis, reconnaissant et influençable. Et ça, IL en a profité toutes ces années !! Ed est devenu SA créature. SON Frankenstein. Mais c'est allé trop loin !! Je paierai pour mon crime, mais je refuse de payer pour le sien ! Je n'ai pas pu la sauver, mais je ne mérite pas cette sentence !

… toute la force de son coup s'abattit sur le crâne de son si fidèle ami de toujours. Un craquement obscène se fit entendre, suivi d'une longue expiration agonisante. Le cœur traumatisé de l'illustre neurologue déposa enfin les armes, frappant son dernier battement

de tambour en harmonie avec l'ultime râle mécanique qui s'échappa de son corps à jamais éteint.
— Je suis si désolé, Xavier… Si désolé ! Tu ne méritais pas ça ! IL nous a tous détruit… IL nous a tous condamné… Ce monstre…

Le jeune homme s'écroula sur sa victime, déversant le torrent de ses inépuisables larmes sur la silhouette immobile qui fut un compagnon fidèle presque toute sa vie. Lorsque la source se tarit, il se releva enfin pour reprendre ses esprits. Le dessein d'Alex avait échoué. Ce constat-là n'était pas si désagréable pour Ed, malgré les circonstances. Mais il avait perdu un deuxième être cher, à cause de LUI. Pour LUI. Et ça, il ne pouvait le LUI pardonner.
Il prit à nouveau place sur le vieux banc et sortit son téléphone. Avait-il eu vraiment le choix ? Certainement. Mais il n'en avait désormais plus qu'un seul.
Il composa le numéro d'Alex.
— Alors, fiston… Comment ça s'est passé ? Tu m'appelles de l'hôpital ?
— Non, Alex. J'ai échoué. J'ai… dérapé.

Ed essayait de parler avec fermeté, mais sa voix chevrotait, dissimulant difficilement sa peur.
— Qu'as-tu encore fait, Ed…
— Il n'a pas cru une seule seconde à ce petit jeu. Quelle surprise, hein ?! J'ai donc du en dire davantage que prévu… Mais il a compris pour maman… Il a deviné

son sort...

Revivre les événements raviva le feu de la colère qui consumait silencieusement ses tripes depuis la « disparition » de Nora.

— Il allait me mettre ça sur le dos, Alex !! Je refuse de porter le chapeau, tu entends ?! Je ne paierai pas pour un crime que je n'ai pas commis !!

Son interlocuteur demeurait imperturbable. La voix grave et envoûtante du père ne manifestait aucun signe d'inquiétude malgré l'annonce de ce nouveau dérapage.

— Fiston... Il faut que tu te ressaisisses. Tu ne peux plus continuer à fuir la réalité, désormais. Tu dois assumer ce que tu as fais à ta pauvre mère, Edric.

— Comment OSES-TU ?!!

La rage avait chassé toute trace du manque d'assurance qui le tenaillait chaque fois qu'il était confronté à son père.

— Ne m'appelleras-tu donc plus jamais papa, comme avant, Edric ?

— Un père fait passer son fils avant lui-même, *Alex* !

— Et ce n'est pas ce que j'ai fais, mon fils ? Ne t'ai-je pas épargné en devenant le gardien indéfectible de ton si lourd secret ? Ne t'ai-je pas protégé toutes ces années en acceptant de taire ce que tu avais fais à ce jeune garçon innocent ?

— Tu n'es le gardien que de tes propres ambitions, Alex ! Qui est le véritable coupable de ce qui s'est passé ce soir-là, hein ? QUI ??!! Pourquoi avais-tu modifié mon traitement, alors que j'étais guéri, hein ? Tu savais très bien que mes troubles risquaient de revenir ! Et pire encore, tu le souhaitais !! Car ta soif de gloire ne connaît aucune limite ! Un seul trophée ne te suffisait pas ! Mais sans ton précieux cobaye, tu ne pouvais plus conduire tes recherches aussi vite et aussi loin… Le patient zéro était guéri, autonome et indépendant… Tu savais les risques, pourtant ! Tu m'as bousillé avec toutes tes expériences !! Quand j'ai réalisé ce que j'avais fais à ce gars, ce soir-là… Quand j'ai compris que mes crises revenaient, que tes soi-disant améliorations thérapeutiques avaient fais de moi un monstre… J'ai tant voulu mourir, m'éteindre à tout jamais. Mais tu étais là, comme toujours… La petite voix qui chuchote à mon oreille, qui conditionne chacun de mes choix, qui corrompt mon propre jugement… Le bienveillant éducateur, le savant sauveur… Et moi, fidèle toutou de ce père que j'admirais tant, j'ai renoncé à assumer mon acte pour toi, pour tes précieuses recherches, pour tes inépuisables ambitions. Ça aurait fait tâche d'avoir un fils schizo meurtrier à la une de la presse alors que notre… TA *méthode KERMER* allait être bientôt brevetée, pas vrai ? Alors, j'ai accepté de mentir à maman, à tes collègues, à Xavier… Et aujourd'hui, tout recommence, encore… Oui, je suis coupable de mes actes, mais tu en es le commanditaire, cher PÈRE !!

— Mon pauvre enfant… J'étais prêt à admettre mon échec aujourd'hui, non ? À admettre mes propres erreurs, qu'en penses-tu ?
— En me demandant de jouer un nouveau rôle ? L'ancien schizophrène qui souffrirait d'un trouble dissociatif jusque-là jamais diagnostiqué ? Comment j'ai pu être aussi con ?! Après ce que TU as fais à maman ! Tu m'as fait croire toutes ces années que j'avais une dette envers toi ! Je pensais bêtement qu'en te couvrant de ton crime à mon tour, je m'en acquitterais. J'espérais enfin avoir trouvé le moyen de me débarrasser de ton emprise. Mais je n'ai compris que trop tard que tu m'avais envoyé à la guillotine, que tu voulais TOUT me mettre sur le dos, y compris tes propres méfaits. Qui irait soupçonner un père dévoué à la science, un héros, quand il est si facile d'accuser un fils aux antécédents médicaux troubles et si largement médiatisés ? Et maintenant, Xavier… notre si fidèle et valeureux ami, s'ajoute à la liste de nos massacres ! Monstre que tu es, que tu as toujours été ! Tu m'as façonné à ton image… Je te hais tant !

Ed exultait. Il avait été berné pendant tant d'années, se refusant de voir le vrai visage de celui qu'il admirait tant. Son déni l'avait conduit à commettre le pire, et cette fois, aucune pathologie ne pouvait le dédouaner de son acte. Il avait perdu un ami, qu'il avait délibérément assassiné sans qu'une petite voix ne le conditionne à le faire. Mais son mal avait un visage,

un corps. S'il avait pu se guérir des irrationnelles illusions de sa schizophrénie, une ombre avait continué de duper sa conscience. Bien loin de ses hallucinations psychotiques, un mal bien tangible avait pris la relève. Sous son emprise, le jeune homme conditionné s'était soumis aveuglément à ses paroles et son jugement. Son guérisseur était devenu son gourou. Ed le réalisait enfin, et cette micro-secte avait fait bien trop de victimes pour qu'il n'accepte davantage d'en rester son fidèle adepte.
— Tu sais, cher « paternel »… Tu n'a pas été un mauvais père sur tous les points. Tu m'as guéri, après tout. Tu m'as offert une éducation riche, une bonne instruction, l'accès à de hautes études… Tu crois que je ne sais pas déchiffrer tout ton charabia scientifique ? Détrompe-toi !! J'ai lu toutes tes notes, celles que tu caches bien maladroitement dans ton bureau. Qui essayais-tu de soigner véritablement, avec toutes ces recherches, toutes ces expériences… Mes troubles ?… Ou les tiens ? Ces pulsions qui t'ont conduit à massacrer ta propre femme sans verser une seule larme… Sans même éprouver une once d'empathie pour elle, pour moi, pour nous… Sais-tu à quelle pathologie cela correspond ? Quel est donc ton auto-diagnostic, cher « père » ?
Alex n'avait à aucun moment cherché à interrompre la longue tirade torturée de son fils. Il s'était contenté de l'écouter patiemment, et ne prit la parole que lors-

qu'Ed s'essouffla enfin.

— Fiston… Tu es en plein délire paranoïaque… Tu as conscience que se sont les symptômes typiques de tes troubles, n'est-ce pas ? Rappelle-toi de ce qu'il faut faire lorsqu'une crise se présente : reprends ton souffle et concentre-toi sur ta respiration. Reste bien tranquille et dis-moi exactement où tu es. Je vais te rejoindre et nous pourrons alors discuter tous les deux calmement. Tu as raison sur un point, mon chéri. Je n'aurais pas dû te couvrir toutes ces années. Le mensonge est un ennemi pour un esprit aussi fragile que le tien. Je reconnais mon erreur et mes échecs : nous irons ensemble t'offrir les soins dont tu as besoin. Plus vite tu accepteras ton état et tes actes, plus vite nous aurons l'opportunité de réajuster ton traitement. Tu es d'accord, mon chéri ?

Sa voix était douce, apaisante. Elle avait su envoûter Ed toutes ces années, mais cette fois, le sortilège échoua.

— Mais bien sûr, cher Alex… D'ailleurs, en attendant que tu me rejoignes, je pense qu'il pourrait être intéressant pour ma « prise de conscience » de présenter les photos que j'ai pris de tes notes à quelques-uns de tes collègues… « La biscotte », peut-être ? Je suppose qu'il ne reconnaîtra pas ton écriture, puisque j'ai certainement dû écrire moi-même ces notes pendant une de mes soi-disant crises, n'est-ce pas ? Qu'en penses-tu, « papa » ?

Cette fois, Alex perdit de son flegme. Il ne put retenir un soupir qui révéla enfin une faille dans son inébranlable carapace.
— Tu ne peux pas faire ça.
— Tiens, tiens... Je suis curieux de savoir pourquoi...
— Nous sommes une famille, Ed... Je suis le gardien de ton secret, tu es le gardien du mien. Et quel que soit le jugement que tu portes sur moi, c'est ensemble et grâce à cela que nous avons pu offrir notre thérapeutique à des milliers de patients. Nous avons sauvé des vies, et je peux encore en sauver bien d'autres. Tu le sais si tu as lu l'ensemble de mes recherches en cours.
— Au prix de combien de morts ?!
— Quelques sacrifices, y compris nos propres existences, sont peu chères payées face à ce que nous pouvons accomplir, non ?
— Comment peux-tu te montrer aussi arrogant et insensible ! Ta femme, ton ami... Ça ne te fait donc rien ?!
— Tu l'as dit toi-même. J'ai mon propre mal. Ma propre psychose. Je suis le sujet de mes analyses depuis de nombreuses années. Quand j'aurai mis au point la bonne méthode, je me l'appliquerai à moi-même. Et là, alors, je suppose que je récolterai ma punition : cette culpabilité dont tu sembles souffrir, ces remords, cette empathie... Pour moi, ce ne sont que des défauts bien inutiles, des obstacles qui annihilent l'esprit de ses pleines capacités. C'est ironiquement drôle quand

on y pense… Si j'étais capable de ressentir toutes ces émotions, je n'aurais probablement pas la capacité de mettre au point le remède qui pourrait me guérir. Il faut être un monstre pour guérir un monstre de sa monstruosité… Amusant, non ?
— Et moi ? Je veux te l'entendre dire…
— Oui, Ed. Toi, tu es guéri. Du moins de ta schizophrénie…
— Tu admets donc que je n'ai été que ton pantin, ta marionnette… Ton cobaye !!
— Tout comme Nora, en effet. Maintenant que tu as enfin ouvert les yeux, tu es libre de tes choix. Tu ne pourras plus m'en tenir responsable. Mais si ta conscience veut bien considérer ces quelques points… Quelques vies ont été sacrifiées. Au nom de la science, mon fils. Tant de vies sont désormais sauves. Et quand j'aurai trouvé le remède contre mes propres démons, alors ce jour-là, à mon tour, je recevrai mon propre châtiment. Les fantômes viendront hanter mon esprit, torturer ma conscience. Je goûterai alors à ce qui te ronge tant depuis des années. Mais contrairement à toi, mon fils, quand ce jour sera venu, je compte bien accepter ma sentence sans geindre. Il t'appartient maintenant de savoir quelle route tu vas nous faire emprunter : celle du mensonge, que nous avons foulé ensemble jusque-là, qui a permis de sauver tant de vies, et qui peut en sauver tant d'autres ? Ou celle de la vérité, qui allégera peut-être ta conscience, mais

qui ne fera que rendre les vies sacrifiées inutiles et condamnera celles de milliers d'autres qui espèrent chaque jour un nouveau miracle pour leurs propres pathologies ? Quelle est ta décision, Edric ? Quel chemin vas-tu choisir ?

Alex avait gagné. Malgré ses aveux dénués de scrupules, qui avaient cependant égratigné son ego, il conservait les pleins pouvoirs. Ed l'avait compris. Jamais il ne serait libre. Jamais il ne trouverait la paix. Le temps où la psychose altérait son jugement lui parut soudain doux et enviable. Il pouvait alors se délester de ses responsabilités. Désormais, les conséquences de ses décisions n'auraient plus aucune excuse.

— Je suis au « laisse aller », à côté du vieux banc. Personne ne m'a vu venir à l'Institut et j'ai pris la vieille bagnole. On pourra se servir mutuellement d'alibi quand ils auront retrouvé le corps. Mais il faudra trouver quelque chose pour maman. Quelqu'un finira par avoir des soupçons.

— Je m'en occuperai, fiston. Sage décision.

Ed s'apprêtait à raccrocher quand Alex pouffa un petit rire sardonique.

— Comment peux-tu trouver ça drôle, Alex ?

— Tu veux savoir ce qui m'amuse ? C'est la petite graine que j'ai semé en toi. Celle du doute. Quand tu auras raccroché, elle commencera à germer. D'abord, tu te demanderas si tout ceci est vraiment réel, ou si cette conversation n'est pas le fruit pourri issu de ton cerveau malade. Puis, tu douteras de mon existence, tu douteras de toi. Tu douteras peut-être même de l'identité du coupable responsable du triste sort de Nora. Tu regarderas le corps de ta victime, réalisant que tu as été capable d'ôter la vie sans frémir, sans hésiter. Et tu penseras alors que peut-être, cette ubuesque et improbable histoire aurait davantage de sens s'il n'y avait qu'un seul et unique monstre... Je trouve cela si jouissif ! Bref... Attends-moi, je te rejoins pour assister au spectacle... Ou peut-être pas...

Et Alex raccrocha enfin. L'illustre savant fou eut le dernier mot, encore une fois. Ed resta un long moment figé, pétrifié d'horreur sur son vieux banc en bois vermoulu. Il n'osa pas porter son regard sur le corps sans vie de Xavier – il ne voulait pas LUI donner raison. Lorsqu'il se décida enfin à affronter l'objet de son crime, il vomit. Pas très malin de laisser son ADN à côté d'un cadavre, mais cela n'avait plus d'importance... Ed ne serait bientôt plus de ce monde. Qu'il soit réel ou une création inconsciente née de son cerveau divagant, Alex n'avait plus besoin d'Ed.
Et quand le sujet-témoin d'une expérience est superflu, la science s'en débarrasse...

Il n'avait plus de raison d'exister. Sa disparition était la clé de sortie de ce démon et l'avenir connaîtrait indubitablement bien d'autres sacrifices encore. Son Alex se complaisait dans sa psychose, et jamais

— *La thérapeutique KERMER* —

il n'avait eu l'intention de guérir ses maux. Pour cela, il lui aurait fallu une chose que la science n'a encore jamais exploré. Pour cela, il lui aurait fallu une âme.

FIN

— La thérapeutique KERMER —

TABLE DES MATIÈRES

- Les offrandes de la mésange noire 01
- Là où personne ne l'entendait 95
- La thérapeutique KERMER 109

RYMMIA MERTON

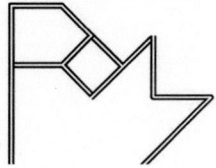

Couverture et illustrations © Merton, Rymmia
Tous droits réservés